Une trahison amoureuse

PATRICK POIVRE D'ARVOR

Une trahison amoureuse

ROMAN

Albin Michel

22, rue Huyghens, 75014 Paris

ISBN 2-226-09356-7

« Là-bas, au loin, la vie pouvait-elle être encore délicieuse ? Les femmes, il ne les désirait plus. Il avait horreur, désormais, de lui parlant à une femme. Tout cela n'avait été qu'un mensonge de part et d'autre. Il n'avait pas su... »

Drieu La Rochelle, *Gilles*.

Aimé

I

Auréolé de la gloire de ses ailes, Numa Castelain, aviateur prestigieux de la Grande Guerre, portait beau et jouait d'un charme qu'il savait efficace quand il fixait les dames au fond des yeux.

La vie de l'après-guerre était insouciante. Hébétés par la boucherie dont ils étaient miraculeusement sortis vivants, les rescapés de ces années d'horreur noyaient leurs angoisses dans la frivolité. À l'instar de tant d'autres, Numa refoulait au plus profond de la nuit l'irruption de ses cauchemars, lorsque surgissaient les longues descentes en vrille, comme autant de plaintes, de l'avion ennemi. Il respectait les as allemands qu'il avait accrochés à son palmarès, tels des papillons noirs épinglés sur un tableau de chasse. Mais, dans la solitude de sa chambre, ces coléoptères fantômes se dressaient hors de leur linceul, le réveillaient brutalement puis l'abandonnaient en sueur jusqu'à l'aube.

Pour les fuir, Numa bambochait, écumait les cabarets. Chez Maxim's, au petit matin, il avait levé plus d'une fille légère ou d'une femme du monde. Il butinait et les rejetait très vite.

Autour de lui, chacun se grisait pareillement. Mais, les années passant, on oublia le prestige de l'uniforme, on ne se contenta plus de survivre. On laissa les jeunes guerriers à leurs démons et la vie reprit.

Numa, de son côté, vit s'éloigner le souvenir de l'horreur. Par fidélité à ses camarades morts au front — et parce qu'il ne savait guère faire autre chose —, il resta dans l'armée et monta vite en grade. Il fut nommé capitaine à vingt-huit ans et oublia peu à peu ses compagnons de débauche. Mondaines et demi-mondaines le regrettèrent beaucoup. Il avait tant de charme et dégageait le discret parfum de la victoire joyeuse, ce musc masculin qu'aimaient les femmes de l'époque, sevrées d'hommes pendant la guerre. Il apprit en retour à se passer de leur argent facile, de ce statut parfois blessant de cavalier peu ou prou entretenu. Il se replia sur des amis fidèles qu'il avait connus sur la base de Reims, lors des heures les plus héroïques de la jeune aviation de guerre.

Tolu était resté tel qu'en lui-même, toujours aussi baroudeur, prêt à expérimenter le dernier modèle à peine sorti des usines et à le perfectionner avec des techniques de son invention. Tête brûlée, il avait gardé son franc-parler, ce qui retarda souvent ses avancements. Numa l'aimait pour l'intégrité de son caractère.

Bernard Reklov était fait d'un autre bois. Ses origines slaves l'entraînaient parfois sur les pentes de la démesure, mais toujours avec une immense générosité. Il fréquentait le « Raspoutine » et les cabarets de Clichy, se liait à la sortie avec les chauffeurs de taxi qui avaient fui en nombre les bolcheviks. Certains de ces Russes blancs étaient princes, d'autres officiers. Ils ne lui faisaient jamais payer la course. Il fit du jeune journaliste Kessel son ami lors d'une soirée qui avait failli tourner mal. Ivres de vodka, ils avaient joué à la roulette russe avec le pistolet de Reklov pour savoir qui n'offrirait pas la tournée. Par chance, l'arme s'enraya à la troisième tentative. Reklov comme Tolu avaient le cœur sur la main et, en souvenir des années de guerre, avaient élu Numa comme chef naturel. « Là où il y a une volonté, il y a le chemin », leur disait-il sans cesse. Alors ils suivaient son cap…

Tout comme Dralloc qui, lui, n'avait pas fait la guerre en raison d'un handicap au bras gauche, mais que Numa avait connu beaucoup plus jeune sur les plages de Malo-les-Bains sa ville natale où son père était maire. Ils y entraînèrent bien des demoiselles de la région qui, pour certaines, y oublièrent par mégarde leur réserve. Jean-Philippe et Numa, Numa et Jean-Philippe, les deux jumeaux que tout semblait pourtant opposer. La sensibilité de Dralloc était toujours à vif, il ne se remettait pas de ne pas avoir suivi les études de direction d'orchestre dont il rêvait. Il en voulait beaucoup à cette polio qui lui avait déformé le bras. Il promenait son membre gauche, comme ses peines de cœur, en écharpe. Il se trompait souvent sur les femmes, elles le trompèrent parfois. Il en était à chaque fois profondément malheureux. Numa se moquait alors de son air de cocker réprimandé par sa maîtresse. Il arrivait à Jean-Philippe de pleurer devant lui. Son ami s'en trouvait désarmé, imaginant mal qu'une simple blessure d'amour ou d'amour-propre pût souffrir de la moindre comparaison avec les horreurs qu'il avait vues à Suippes.

Une trahison amoureuse

Dralloc, Tolu, Reklov et Castelain étaient inséparables. Nulle femme ne parvenait à s'installer durablement dans ce cercle de mâles régenté par Numa.

C'est à cette époque-là pourtant, pendant l'été 1925, qu'il fit connaissance de ce qu'il crut être la femme de sa vie.

II

Il ne l'avait d'abord pas remarquée. C'est elle qui l'observait tandis qu'il admirait la devanture de Charvet, dans l'improbable espoir de s'offrir une chemise désormais trop chère pour ses moyens. Il rêvait d'y faire broder ses initiales. C'était du dernier chic : à l'état-major, boulevard Victor, quelques commandants ou colonels les portaient ainsi. Et Marc Assus, l'ami qu'il venait de quitter au ministère de la Marine, place de la Concorde, avait à son tour succombé à la tentation. C'est lui qui lui avait donné l'adresse de ce magasin rue de la Paix.

En levant les yeux, il aperçut, reflétée par la vitrine, cette silhouette féminine dans son dos. Presque instantanément, il huma le parfum léger qui émanait d'elle. Il percevait la présence de la jeune femme, ses vêtements, ses cheveux blond cendré, mais son propre reflet l'empêchait de deviner ses yeux.

Guidé par un instinct de chasseur, il résolut de tourner les talons, de plonger son regard dans le sien et de la conquérir. Il se retourna et, dans la seconde qui suivit, vit l'amour fondre sur lui. Il n'avait jamais connu pareil effet de foudre.

III

Elle avait soutenu son regard. Numa la crut donc en sa possession, comme lorsqu'il cadrait naguère un aviateur allemand dans son viseur. Mais la jeune femme ne manquait pas de rouerie.

— Monsieur l'officier ne veut plus de chemise ?

Elle éclata de rire.

Il la reconnut enfin. C'était la petite Rongères, qu'il avait rencontrée deux ans après sa démobilisation lors d'une réception au Cercle Militaire. Elle sortait alors à peine de l'adolescence et accompagnait une amie qui était arrivée au bras d'un officier. Ils avaient échangé quelques mots. Elle paraissait timide et Numa était alors beaucoup trop entreprenant. Elle s'en était habilement dégagée. Ils se revirent trois mois plus tard dans des circonstances aussi mondaines ; elle évita une nouvelle fois sa conversation. Depuis, il n'avait plus eu de nouvelles d'elle. Il ne se souvenait plus de son prénom.

— Ah c'est vous, dit-il, désarçonné par la transformation qui s'était produite en elle et par l'effet qu'elle lui faisait.

— Eh oui, c'est moi, répondit-elle, mutine. Elle voyait bien qu'il était en train de fouiller dans ses souvenirs.

— Aidez-moi à choisir, dit-il alors machinalement.

Elle scruta ses yeux.

— Avec ce bleu-là, il vous faut de fines rayures. Mais vos camarades vous trouveront peut-être un peu efféminé…

Numa n'avait pas l'habitude des femmes moqueuses. Il n'était pas à son aise sur un terrain qu'il n'avait pas choisi. Mais sa maladresse le rendait vulnérable et charmant.

— Entrons ensemble, finit-il par lui proposer. C'est vous qui choisirez.

À l'intérieur, un chef de rayon se dirigea d'un pas désinvolte vers ce capitaine apparemment désargenté. Seuls quelques généraux figuraient dans la clientèle huppée de Charvet.

— Monsieur désire ?

— C'est Madame qui désire, répondit la jeune femme avec audace.

Le vendeur se fit alors prévenant et cauteleux. Elle choisit une chemise blanche à rayures bleues, observa d'un œil gourmand le geste du vendeur passant le centimètre sur la nuque du bel aviateur, donna son avis sur la longueur des poignets-mousquetaires, proposa des boutons de manchettes.

Numa s'affola : sa solde aurait déjà du mal à éponger l'achat de la chemise, il ne pouvait aller au-delà.

— J'en ai une paire qui fera l'affaire, bredouilla-t-il.

Le vendeur reprit le dessus :

— J'imagine que Monsieur aura néanmoins besoin de faire broder ses initiales... Si vous avez une carte de visite, confiez-la-moi. Ce sera prêt pour vendredi.

Numa tendit une carte gravée aux ailes de l'armée de l'air.

— Numa Castelain, lut le vendeur à voix haute pour jauger son interlocuteur. N.C., cela vous ira ? Vous ne voulez rien d'autre ?

— Non, non, ce sera parfait.

— En bleu, les initiales, ajouta la jeune femme, qui s'amusait de la gêne de l'officier.

Quand ils furent à nouveau sur le trottoir de la rue de la Paix, Numa retrouva de sa superbe.

— Je n'ai pas beaucoup apprécié ce vendeur. Dans ces magasins-là, on se demande toujours qui sert qui.

— Vous les fréquentez peu, capitaine ?

Il fut secrètement flatté de se voir confirmé dans son grade par une femme.

— Mademoiselle Rongères, vous connaissez maintenant tout de moi grâce à cet échalas mondain, puis-je vous demander ce que vous êtes devenue depuis cinq ans ?

— Mademoiselle Rongères n'a pas changé de prénom, s'amusa-t-elle. Elle s'appelle toujours Madeleine. Et si vous volez, moi je chante. À l'Opéra, ajouta-t-elle après un court silence. C'est tout à côté. Accompagnez-moi, voulez-vous ?

Depuis dix minutes, les rôles étaient inversés. Habitué aux conquêtes à la hussarde, Numa n'avait jamais été pareillement abordé. Et, quoique culottée, la jeune Madeleine n'avait rien d'une aguicheuse. Il n'avait plus à lutter et s'abandonna à son charme.

En remontant le boulevard des Capucines, il la laissa parler : raconter ses petits rôles, ses débuts comme choriste, son désir d'être un jour reconnue, de crouler sous les bouquets de roses, d'avoir Paris à ses pieds.

— Vous m'avez déjà, dit Numa avec

grandiloquence en s'agenouillant devant elle alors qu'ils parvenaient place de l'Opéra.

Elle rit, le releva en lui passant deux doigts autour du cou, ce dont elle rêvait depuis qu'elle avait vu le geste du vendeur.

— Vous êtes incorrigible ! Vous n'avez pas changé depuis le Cercle...

Un passant les regarda en souriant puis s'éloigna. Numa nageait dans le bonheur.

— Quand vous reverrai-je, Madeleine ? dit-il devant les marches du Palais-Garnier.

— Ce soir, capitaine. Ici même. Pour rien !

C'était la réponse qu'avait faite la grande Rachel au fils de Louis-Philippe qui lui avait cavalièrement posé ces questions : « Quand ? Où ? Combien ? »

Madeleine s'amusait de sa propre audace et de cette saillie qu'il allait peut-être prendre au premier degré. Il rougit et l'embrassa sur la main en lui donnant rendez-vous au Café de la Paix dès qu'elle en aurait terminé avec ses répétitions.

Il s'installa à une terrasse pour l'attendre. Il rêvassait tout en regardant passer de jolies filles qu'il aurait peut-être abordées quelques heures plus tôt. Mais déjà il ne pensait plus qu'à Madeleine.

Elle arriva sans hâte. Le jeune homme qui l'accompagnait la quitta discrètement, sans effusions.

La nuit était délicieusement tiède en cette fin d'août. Ils dînèrent dehors. Elle lui demanda de ne pas la raccompagner, mais de venir l'applaudir le lendemain soir, à l'Opéra-Comique cette fois, salle Favart, où il lui faudrait écarquiller les yeux et ouvrir grandes ses oreilles, car elle avait un tout petit rôle.

Il rentra rue de Bourgogne en chantonnant et n'osa rien raconter à ses amis, comme cela lui arrivait quand il pressentait l'arrivée d'une bonne fortune. Il avait cette fois trop peur de piétiner un bonheur naissant.

IV

Au lendemain de la représentation — c'était la première fois qu'il allait à l'Opéra —, ils se donnèrent rendez-vous après le spectacle. Il était émoustillé, elle aussi.

Ils dînèrent à nouveau, non loin de la Comédie-Française. Elle lui interdit cette fois encore de la raccompagner, ajoutant même qu'il lui serait difficile de la revoir le soir.

— J'ai quelqu'un dans ma vie, dit-elle sans le regarder.

Il n'insista pas mais lui arracha la promesse d'un déjeuner le lundi suivant.

Pendant cinq semaines, ils se virent ainsi de plus en plus régulièrement, souvent au

Café de la Paix. Elle semblait flattée de sa compagnie. Il ne se lassait pas ; il avait même fini par renoncer à lui proposer de sauter le pas. Elle éludait toujours, ne parlant jamais de sa vie sentimentale et refusant de lui dire où elle habitait.

Un jour cependant, elle l'embrassa dans le cou après le déjeuner et lui souffla à l'oreille :

— Venez me rejoindre ce soir à la sortie de la salle Favart…

Ce soir-là, elle ne minauda pas, lui épargna la danse des sept voiles. Elle mit simplement sa main dans la sienne. Il lui glissa à l'oreille que le dîner pouvait attendre. Elle répondit oui d'un regard franc. Il ajouta que, chez lui, il faisait froid, et qu'il habitait loin. Elle répondit que, chez elle, il y avait du monde, un agent de change avec lequel elle vivait. Il demanda : « Alors ? » Elle sortit une clé de sa poche. « C'est celle d'un ami qui m'a prêté sa chambre », commenta-t-elle sobrement.

L'ami devait mener grand train : les tentures rouges sentaient l'eau de Cologne.

Soudainement tout devenait si simple, évident, magnifique. Il la déshabilla, la regarda dans les yeux et lui fit l'amour sans parler. Elle bougeait peu, le fixait avec attention, se laissait faire et ne sembla pas jouir.

À ses côtés, Numa eut un moment de doute. Tout avait été si facile. Et sans doute mûri à l'avance. La clé était prête. Elle avait déjà dû servir. Et ce corps qui s'offrait sans retenue, sans plaisir apparent… Qu'y avait-il dans la tête de cette fille ?

Les questions ne l'assaillirent pas longtemps. Il n'était pas encore assez amoureux. L'esprit de conquête l'animait avant toute chose.

Face à eux, un miroir au tain zébré lui renvoyait l'image de deux corps abandonnés, l'un soumis, l'autre fourbu. Il se sentait très fort en cette nuit d'octobre. Puis il chercha le regard de celle qui venait de se donner à lui si facilement. Il lui trouva du mystère, et une peur inexplicable.

Ils parlèrent longtemps avant de s'endormir, à l'aube. Madeleine lui confia tout de ses angoisses, de la panique qui la saisissait quand, certains matins, il lui arrivait de ne pouvoir se lever et, plus cruellement, de ne pas souhaiter vivre... De son désir d'avoir un enfant et du refus de son corps : elle avait essayé deux fois ; le fœtus n'était pas arrivé à terme... De son inaptitude au bonheur, au plaisir physique, de sa crainte de la maladie, de son ambition de devenir cantatrice qui lui permettait de rester debout, quand il le fallait, des nuits entières.

Elle lui parla aussi de ses amis, rares mais fidèles. L'un d'entre eux, Pierre, avait été son amant d'un soir. « Un seul soir », promit-elle avec un petit sourire irrésistible alors que Numa ne lui demandait rien. Tous les autres étaient mariés et la respectaient trop, disait-elle, pour oser même une simple allusion ambiguë. Ils croyaient beaucoup en son étoile et organisaient souvent de grands dîners pour la faire connaître. Certains d'entre eux étaient très argentés, d'autres moins mais avaient une forte influence. Ils adoraient la politique, n'avaient aucun mandat électif, ce qui ne les empêchait pas de faire la pluie et le beau temps dans les cabinets ministériels, chez Poincaré, Tardieu ou Painlevé.

Son meilleur ami, François-Xavier, travaillait en faux dilettante chez Painlevé. C'est lui qui l'avait déposée la veille au Café de la Paix. C'était son ombre, son confident loyal, celui qui donnerait son blanc-seing ou pour le moins son avis sur la liaison qu'elle aurait peut-être avec Numa. Il n'était pas jaloux, il aimait trop son amie, il voulait simplement qu'elle ne souffrît point. Il était peut-être déjà en train de se renseigner, par les circuits dont son ministère avait le secret, sur les états de service et les antécédents de Numa. Il fallait redouter son jugement.

Elle évoqua aussi un certain Nicolas,

marié lui aussi, mais qui semblait lui faire une cour assidue et qui prendrait l'irruption de Numa comme celle d'un rival. Avait-elle oui ou non été sa maîtresse ? Elle jura que non à son amoureux qui sentait doucement monter en lui une sourde jalousie. Il y vit un excellent baromètre à ses sentiments naissants. Elle lui fit comprendre que ce Nicolas avait dans la presse des réseaux qui lui permettraient de susciter quelques articles qui ne seraient pas inutiles à sa carrière prometteuse de cantatrice. Pour couper court à cet embarrassant voisinage, Numa lui promit qu'il saurait de son côté user de ses relations, et notamment de ce Joseph Kessel qui était l'intime de Reklov. Il était déjà prêt à tout. Il la voulait à lui seul.

Elle n'avait, semble-t-il, qu'une amie, parce qu'elle se méfiait peut-être de ses rivales apprenties cantatrices. C'était une créatrice de mode, Sylvia Lemperer, qui rêvait de suivre les traces de Gabrielle

Chanel, dont le mérite, rare à l'époque pour une jeune femme, avait été d'ouvrir une première boutique à Deauville avant guerre. Elle avait inventé le pantalon, la jupe à plis, la robe noire, le tweed et le jersey. Elle aussi avait été modiste et, à la force du poignet, avait réussi à imposer ses vues et son art dans un monde masculin teinté le plus souvent d'une homosexualité sans aménité pour la gent de l'autre sexe. La Chanel, disaient-ils en pouffant, la Lemperer… comme s'il s'agissait de grandes cocottes.

Sylvia vénérait Madeleine, qui ne le lui rendait que quand cela l'arrangeait.

« Je suis égoïste, tu sais », répéta-t-elle avec franchise plusieurs fois à Numa.

Il aurait dû l'écouter.

Elle revint sur ses obsessions, l'interrogea assez peu sur lui. Il en avait pris l'habitude lors de leurs déjeuners : cette fille-là était davantage passionnée par elle que par les autres. Elle fit d'ailleurs l'addition de ses défauts, ne se jugea pas intéressante. « Ne m'aime surtout pas, je ne sais pas aimer. »

En une nuit, elle se dépeignit si bien, se chargea de tant de péchés qu'elle fit tout pour que Numa l'aimât.

V

Elle occupait désormais le plus clair de ses pensées et son travail à l'état-major s'en ressentit. Mais tout cela était si léger… « Aérien », se moqua-t-elle.

On lui confiait pourtant des missions de grande responsabilité. On misait beaucoup sur lui en haut-lieu et les femmes le courtisèrent encore davantage. Il s'autorisa quelques écarts, qu'il cacha à Madeleine. Après tout, elle avait sa vie à elle et l'agent de change était jaloux. Le premier soir n'avait été que parenthèse. Dès son retour de voyage, pressentant peut-être quelque danger, le compagnon de la jeune chanteuse vint l'attendre après chaque représentation à la porte de sa loge. Seul le vendredi soir était réservé à ses enfants. Et Madeleine à Numa.

Le beau capitaine y vit l'avantage d'interdire à son cœur de trop s'épancher. Il sentait en effet monter une irrésistible attirance pour la jeune femme qui lui prépara un joli souper le soir de ses vingt-neuf ans, le 1er décembre. Elle lui offrit un foulard blanc que ses doigts avaient imprégné de son parfum. Il ne le quitta plus.

Semaine après semaine, elle sut trouver des attentions exquises, choisissant avec soin rue Cambon chez son amie Sylvia les robes qui pouvaient le séduire et lui consacrant des après-midi entiers. Ils faisaient toujours l'amour, pas très bien, plutôt mieux qu'au premier jour. Elle lui disait qu'elle avait encore du mal à éprouver du plaisir. Elle ajoutait que son agent de change la contraignait à des rapports qui lui devenaient insupportables, qu'elle les acceptait passivement pour ne pas donner prise au soupçon mais qu'il lui était impossible de simuler la jouissance.

Elle disait aussi qu'elle aimait le corps de Numa, qu'il lui permettait de mieux accepter le sien, qu'elle détestait. Elle parlait de « son corps d'hiver », parce que Noël approchait et que ses formes s'épanouissaient trop à son goût.

De plus en plus, Numa s'attachait à elle. Il en oubliait progressivement ses conquêtes d'un soir.

Un après-midi, elle abandonna dans un souffle cette phrase inouïe : « Je t'aime. » Il la regarda avec émotion. Elle ferma les yeux et poursuivit : « Je ne l'ai encore jamais dit à un homme. Ou plutôt je ne l'ai jamais pensé. J'ai dû le dire une fois à mon protecteur, au tout début, parce que ça lui faisait plaisir. Et parce que je ne savais pas ce que c'était. »

Il y eut un long silence. Embarrassé de cette soudaine offrande, Numa ne savait que répondre. Il n'avait jamais reçu pareil cadeau et n'osait lui dire : « Moi aussi », parce que ce n'était pas vrai. Mais, à son corps défendant, il se sentait bien devenir à son tour amoureux.

VI

Ému par cet aveu qui n'attendait rien en retour, Numa se sentit pousser les ailes du bonheur.

C'est alors que Madeleine, qui ne cessait de répéter : « En amour, il n'y a que des preuves », en administra l'exemple de belle manière. Sans prendre de gants, elle quitta d'un jour à l'autre son agent de change qui manifestait à son égard trop d'intentions possessives et qui commit l'erreur de s'emporter violemment après une révélation confirmée par un de ses amis : on avait vu un vendredi soir au Palais-Garnier Madeleine au bras d'un superbe aviateur. Une photo timbre-poste parut même, un peu floue, dans le carnet mondain de *La Presse* le lundi suivant. La brutalité de sa réaction affola la jeune femme qui n'emporta qu'un seul bagage et alla se réfugier à l'Hôtel Meurice. Numa y avait déjà loué de temps à autre une des plus modestes chambres, toujours la même, pour abriter leurs amours. Elle appela son amant dans la nuit. Numa vint aussitôt, admiratif de son courage et d'un si beau gage d'amour exclusif.

Ils s'embrassèrent avec effusion comme deux adolescents enhardis par leurs premiers pas. En cet instant, Numa sut avec certitude qu'il l'aimait et qu'il ne pouvait y avoir d'autre femme dans sa vie. Il le lui dit. Elle accueillit son aveu avec un doux mélange de quiète reconnaissance et de cette ironie qui n'appartenait qu'à elle :

— Ne t'emballe pas, gentil petit loup, bientôt peut-être tu ne pourras plus me supporter, comme l'autre.

Elle parlait déjà de l'agent de change

comme s'il avait quitté sa vie depuis plusieurs années...

— Mais l'autre, tu ne l'aimais pas, remarqua Numa. Et moi tu m'aimes !

Elle ne répondit pas.

— Tu m'aimes ? relança-t-il.

— Bien sûr, je t'aime. L'autre, je ne l'aimais plus. Au début, je croyais l'aimer. Je ne savais pas ce que cela représentait. C'était bien avant toi.

Elle s'abîma un court instant dans un silence que Numa prit pour une fugace nostalgie de sa liaison passée.

Elle reprit :

— L'autre ne compte plus. Il n'y a plus que toi. Il fallait que je me mette en accord avec moi-même.

De ce jour en effet, elle ne parla plus jamais de sa vie d'autrefois et ne prénomma même plus celui qu'elle appelait « l'autre ». Elle ajouta simplement que la double vie de ces six derniers mois lui faisait rétrospectivement horreur.

— Plus jamais je ne mentirai, disait-elle souvent. Je me reproche de ne rien lui avoir dit à ton sujet. Si un jour, ce qu'à Dieu ne plaise, je devais ressentir l'ombre d'un désir pour quelqu'un d'autre, je te le dirais aussitôt et je romprais sur-le-champ notre histoire.

Il la crut. Elle était si belle, si innocente.

VII

Madeleine resta brièvement au Meurice, puis alla prendre pension dans un meublé qu'elle loua rue de l'Archevêché, non loin de chez Numa. Elle tenait par-dessus tout à son indépendance et n'avait pas gardé bon souvenir de sa cohabitation avec son ex-amant. Numa ne s'en offusqua point. À près de trente ans, il n'avait encore jamais partagé son logis avec quiconque. Il était parti de chez ses parents le jour même de ses dix-huit ans pour s'engager au front et y apprendre le pilotage avec un mécanicien ami de son père qui, au début des années 1910, avait inventé une drôle de machine à roulettes pour se propulser à l'aide du vent le long des plages du Pas-de-Calais. Il y faisait souvent monter le jeune casse-cou. Il y eut ensuite de folles nuits avec ses compagnons de chambrée dont tant manquaient aujourd'hui à l'appel. Il avait du mal à imaginer une vie commune, une salle de bains et un lit partagés. Il avait pris goût à ce statut de jeune célibataire et adorait dérober le meilleur chez Madeleine, restant parfois chez elle la nuit, jamais plus de deux à la suite.

C'est peut-être ce qui leur permit d'éviter la routine qui use les couples. Ils vécurent alors trois années d'une passion sans nuages.

Il savait qu'elle avait besoin de papoter de longues heures avec Sylvia qui venait d'avoir d'adorables jumelles. Il lui fallait aussi parler plusieurs fois par jour avec son ami Pierre, à qui Numa était toujours reconnaissant de leur avoir fourni la clé de leur bonheur, même s'il éprouvait parfois quelque pincement au cœur en se remémorant ce qu'elle lui avait dit de leur aventure d'un soir. Mais, plus que tout, elle aimait s'isoler avec François-Xavier, son ami du ministère de la Guerre dont la sensibilité plut tant à Numa qu'il se crut adopté de lui. Amour-amitié, les deux hommes ne prenaient pas ombrage l'un de l'autre. Ils s'estimaient et la bénédiction par François-Xavier de son union avec Madeleine rassura Numa et l'emplit de bonheur. « Vous allez si bien ensemble, lui disait leur ami, vous êtes le plus beau couple de Paris. »

En effet, Numa avait fière allure dans les soirées — « il porte beau », soupirait-on sur son passage — et Madeleine étincelait chaque mois davantage. La frange audacieuse que lui avait créée son coiffeur lui donnait une grâce et une fraîcheur adolescentes qu'elle perdait pourtant peu à peu au contact des mauvaises langues de son milieu et des aigreurs de Paris. Parfois, ses plus proches amis aimaient à passer le doigt sous cette fine frange, par jeu ou pour lui signifier qu'ils n'étaient pas dupes de ses airs angéliques. Numa s'agaçait quand ce geste de la main venait de l'ambigu Nicolas, l'homme de Tardieu mais il essayait de surmonter son irritation. Elle n'aimait pas trop avoir à rendre des comptes ou se sentir la propriété de quiconque.

De son côté, Numa fréquentait un peu moins ses propres amis, à l'exception de Tolu qui était comme lui resté dans l'armée mais avec moins de réussite. Castelain était en effet souvent cité en exemple boulevard Victor et on lui confia quelques missions plus diplomatiques que militaires à Prague et à Bucarest. Il s'en acquitta brillamment. Chargé des rapports de contrôle sur les missions aériennes suivies d'incidents, il ne vivait plus que par procuration celles qu'il rêvait d'effectuer à nouveau. On lui fit donc miroiter une belle affectation, le commandement en second de la base d'Istres.

Comment l'annoncer à Madeleine dont la carrière allait elle aussi crescendo, à l'image de sa voix qui prenait ampleur et couleur ? « L'amour ! », lui disait Numa en riant pour expliquer sa transformation. « Le travail ! », répliquait-elle pour le faire enrager. Elle y parvenait de temps à autre car Numa était devenu plus sentimental qu'elle, tout étonné de cet amour qui lui tombait dessus sans crier gare alors qu'il se croyait hors de portée de ses flèches singulières.

Madeleine gravissait les échelons de son métier quatre à quatre. Elle s'était déjà fait remarquer à l'Opéra de Vichy puis dans trois rôles secondaires au Palais-Garnier. Le Paris des mélomanes commençait à murmurer son nom et elle n'en était pas peu fière. Numa trouvait que cela allait trop vite. Il lui arriva d'avoir fugitivement peur de la perdre.

De ce déséquilibre naquit une redistribution des cartes entre les deux amants. Le héros, ce n'était plus lui. Il y avait déjà dix ans que la guerre était finie, personne n'en envisageait une autre. De son côté,

Une trahison amoureuse

Madeleine était effleurée par une gloire naissante qu'elle ne faisait même pas semblant de refuser. Numa sentit monter en lui, non pas de la jalousie, mais une frustration qui ternissait son bonheur.

VIII

L'automne 1928 fut gris et sombre. Numa perdit son père et ne trouva pas, auprès de Madeleine, le réconfort qu'il attendait. Tous deux s'arc-boutaient dans la tempête de pluie fine qui menaçait leur couple. Ils s'ébrouaient sans parvenir à se débarrasser de leurs chaînes. Le souhaitaient-ils seulement ?

Ces deux êtres indépendants n'aimaient pas l'idée de devoir quoi que ce soit l'un à l'autre. Chacun réclamait son dû et se détestait d'en arriver là.

Ils avaient la nostalgie de l'été où tant de bonheurs communs s'étaient imposés à eux, comme des cadeaux. C'est ce qui avait décidé Madeleine à souhaiter un enfant que la nature lui avait jusque-là refusé et que Numa ne se sentait pas prêt à lui donner. Sans doute la compagnie de Sylvia et de ses jumelles attisait-elle le désir de sa belle, se disait-il avec un peu de mauvaise foi. « Es-tu bien sûre de vouloir toi-même te charger d'un enfant, toi qui aimes tant ta liberté et ton métier ? Tu as déjà parfois bien du mal à me faire rentrer dans ta nouvelle vie... »

Elle se cabra, lui offrit plusieurs soirs sa tête des mauvais jours. Il pensa qu'elle l'aimait moins, le lui écrivit à la mi-novembre.

Elle répondit :

« Tout cela n'est peut-être pas ma faute.

J'ai parfois les mâchoires crispées. Je sais être laide...

Je n'aime pas ma dépendance.

Je n'ai pas envie d'avancer dans le brouillard. Je voudrais que tu me donnes davantage... Il est tout de même temps maintenant. Mais je déteste te le demander.

Je sais le prix de nos relations. Je crois qu'elles sont rares et précieuses. J'ai peur que l'habitude ne les abîme et pourtant je rêve de notre maison.

Je voudrais que les choses soient simples mais je connais tes fuites et les miennes.

J'ai peur de tout gâcher et je me dis parfois que tu gâches tant…

Je suis souvent jalouse et j'aime que tu le sois aussi, même s'il n'y a pas de quoi. Je suis jalouse de ton passé. Tu n'as pas besoin de l'être du mien. Je n'ai jamais aimé. Mais cela, je te l'ai déjà dit.

Je dois avoir un enfant. Pourquoi attendre ? Attendre que tu me le demandes ? Je voudrais que mon enfant ait un vrai père.

J'ai du mal à te parler d'amour. J'ai parfois de l'aigreur et je déteste ça. Il faut m'aider à l'étouffer. Une femme a toujours des comptes à régler avec l'homme de sa vie. Il ne faut pas m'en vouloir.

M. »

Numa retourna plusieurs fois la lettre entre ses doigts. Il en fut troublé. Sa flamme se raviva. Il s'attacha à l'aimer moins égoïstement.

IX

Fin décembre, Numa décida d'emmener Madeleine dans la forêt de Fontainebleau pour quelques jours de vacances. C'est un de leurs amis qui lui avait indiqué l'adresse d'une auberge dans le village de Barbizon. Ils passèrent de longs moments à se redécouvrir.

Ils avaient besoin de se retrouver. À Paris l'un et l'autre travaillaient dans des mondes qui ne se côtoyaient pas. Les soirs où ils se voyaient, ils se racontaient les affres de la journée et s'endormaient ensuite, parfois sans faire l'amour. À Barbizon, ils parlèrent longtemps, se promenèrent chaque après-midi dans la forêt glacée. Il évoqua l'absence de ce père tant aimé. De son côté, elle revint avec insistance sur son désir d'avoir un enfant, lui dit qu'elle se sentait prête et acceptait de perdre une saison d'opéra pour avoir un bébé de lui.

Il se méfia de cet emportement et tergiversa :

— Cet été, c'est promis. Laisse-moi le temps de m'habituer à cette idée. Je ne suis d'ailleurs pas sûr que d'ici là tu n'aies pas changé d'avis.

Elle se renfrogna. Il reprit :

— Cet été, je te le jure. J'ai envie de voir à quoi peut bien ressembler la chair de notre chair…

Elle n'avait pas souri.

Il l'entraîna vers la salle à manger pour boire un thé.

Les aubergistes, M. et Mme Glèze, les comblaient de petits plats. Dans leur chambre, le poêle ronronnait. Le matin, ils lisaient. L'après-midi, après la promenade, ils faisaient l'amour. Il l'avait sentie distante, le premier soir. Comme il se retirait pour éviter de la féconder, elle l'avait regardé avec ses grands yeux d'amoureuse étonnée. Le lendemain, la gaieté était revenue dans la chambre. Ils se racontaient leurs petits riens, ils dînaient, refaisaient l'amour et s'endormaient très tôt, vaincus par l'air de la campagne.

Lorsqu'ils revinrent à Paris, la pensant apaisée, il se crut heureux. Mais deux mois plus tard, après avoir pleuré plusieurs soirs et s'être deux fois refusée à lui, elle lui envoya une lettre de rupture qu'il ne comprit pas :

« Numa,

Cette lettre n'est pas belle.

Ce n'est sans doute pas le moment de te la donner.

Mais pourquoi attendre ?

Je n'ai aimé que toi dans ma vie. Aujourd'hui je t'aime différemment.

Peut-être moins. Parce que j'ai trop d'aigreur, de reproches rentrés.

Tu ne veux pas (tu ne peux pas) m'aider à construire une vie. J'en suis blessée profondément.

Je n'arrive plus à t'aider. Je n'en ai plus envie, même si je compatis.

Comme je n'ai plus envie de notre vie en pointillés.

Je ne suis pas arrivée à te le dire.

Je suis malheureuse de te l'avoir écrit.

Madeleine. »

X

Dès qu'il eut fini de lire cette lettre, il fit chercher un taxi, se précipita rue de l'Archevêché, s'agenouilla à ses pieds et la supplia de revenir sur sa décision.

— Mais pourquoi, Madeleine, pourquoi ? Y a-t-il un autre homme dans ta vie ?

— Oh non, fit-elle, ce serait trop facile.

— Alors pourquoi ? Ne te sens-tu pas assez aimée ? Est-ce que je te délaisse ?

— Ce n'est pas cela. Mais je n'aime pas cette vie morcelée. Je veux un enfant, je veux vivre avec toi.

— Tu m'as si souvent dit que tu n'étais pas sûre...

— J'en suis sûre, maintenant. Je n'aime pas ma vie. Rien ne va.

— Et moi, m'aimes-tu moins ?

— Oui, Numa, mais je suis perdue, je ne sais plus où je vais. Quand je pense que je pourrais mourir sans avoir eu un enfant de toi… Je ne peux plus continuer ainsi.

Elle pleurait. Il pleura à son tour, avec sa tête de Pierrot lunaire à qui on vient de retirer son jouet.

Elle eut pitié de lui et elle l'attendrit tout à la fois. Il lui promit donc un bébé et lui offrit une bague qui exprimait son engagement éternel. Elle ne sut comment le regarder. Elle était toute à son bijou et à ce symbole. Il ne la trouva pas très démonstrative. Il eût aimé une joie plus expansive. Mais, doucement, elle revenait à lui : c'est tout ce qui comptait aux yeux de Numa. Ayant failli la perdre, il savait désormais qu'il l'aimait éperdument. Il avait respecté la franchise de sa lettre, l'honnêteté de sa démarche. Il lui fallait dès lors, pour mériter sa confiance, témoigner de la même exigence. Il s'y employa avec humilité.

Le lendemain, il lui envoya des roses rouges avec ces quelques mots : « Pour le bébé, c'est d'accord. Cet été. Promis. »

Trahi

I

Un soir de mai 1929, sonna le glas d'une passion devenue funeste.

Il dînait en compagnie de mondains, sans Madeleine qui détestait leur conversation. Elle n'avait pas tout à fait tort. On brassait beaucoup d'air et peu d'esprit au long de ces repas où les carrières se faisaient, se défaisaient, où les convives plastronnaient. Numa y avait accompagné Reklov, devenu journaliste, qui glanait quelques échos pour sa gazette et voulait, ce soir-là, honorer en même temps qu'exhiber Sophie, sa nouvelle conquête, dont c'était la fête.

Il l'installa aux côtés de Numa et les laissa

bavarder pour mieux apprendre les derniers potins. Le capitaine se présenta.

— Je vous connais, dit-elle, je vous ai vu naguère avec la petite Madeleine. Elle ne manque pas d'ambition mais n'a pas toujours très bon goût…

— Naguère… pas très bon goût…, balbutia Numa.

— Je ne parle pas pour vous, répondit Sophie en riant. Je vous trouve au contraire très mignon et la tête plutôt bien pleine, si j'en crois Bernard. Mais ce Raffoul…

— Raffoul ?

— On me dit qu'ils sont ensemble en ce moment. Du moins s'en vante-t-il. En tout cas, on les voit beaucoup au Flore. Elle aurait pu mieux choisir. Après vous, ça change. Surtout avec les idées qu'il professe…

Numa était blanc. Il demeurait interdit.

— Oh oui, ça change, glissa-t-il d'une voix blanche afin de masquer son trouble.

Le nom de Raffoul ne lui était pas

inconnu. C'était un polémiste d'extrême droite qui avait commis autrefois quelques libelles à la gloire de Maurras. On disait qu'il gravitait autour du cabinet du ministre de la Guerre, le redoutable Painlevé. Surgit alors de sa mémoire aiguisée par le doute le souvenir d'une réflexion qu'on lui avait faite deux mois auparavant. Il avait, dans une conversation, essayé de défendre un passage du dernier pamphlet du très controversé Raffoul. « Eh bien, toi, tu n'es pas rancunier », lui avait dit Bernard Reklov. Un blanc s'en était suivi. Puis la conversation avait repris et Numa n'y avait plus prêté attention.

Les propos de sa sotte voisine éveillèrent des soupçons qui, jusqu'alors, ne lui étaient jamais venus à l'esprit. Sa première réaction fut orgueilleuse : tout faire pour que rien ne se sache, qu'aucun désarroi ne transparaisse.

— Mes amis, il faut que je me sauve, je vais essayer de revenir le plus vite possible, gardez-moi la place au chaud. En attendant, Sophie, je vous souhaite une bonne fête. À tout à l'heure, Bernard...

Et c'est ainsi qu'en ce 25 mai 1929 Numa se prépara bravement — et assez bêtement — à monter à l'échafaud.

II

Une seule idée lui avait traversé l'esprit : courir au logis de Madeleine. Elle avait promis de l'attendre pour l'accueillir après son dîner. Mais elle n'était pas là. Le soupçon s'installa encore plus profondément. Comme il était familier des lieux, il se fit ouvrir la porte par le concierge, bonhomme assez bourru avec lequel Numa parlait autrefois en confiance. Natif de Lens, il n'aimait pas Paris. Avec ce locataire furtif, il lui arrivait d'évoquer leur plat pays, les chtimis et les cafés du Pas-de-Calais.

Numa n'avait pas l'habitude de se trouver seul chez Madeleine, qui lui avait pourtant souvent répété : « Tu es chez toi, j'ai donné des instructions au gardien. » Il en avait été rassuré et avait aimé ce gage d'amour. Mais il ne se sentait pas pour autant propriétaire de ce volume d'air qui appartenait à la vie de Madeleine et où flottait son parfum. Chaque fois, il s'était jugé importun et n'était jamais resté longtemps. C'était pire encore ce soir-là. Il lui semblait que les draps et les tentures étaient lourds de secrets qui n'étaient pas les siens. Une sourde panique lui comprimait les poumons. Celle, peut-être, de se retrouver trop vite face à la vérité, face à une Madeleine pécheresse qui n'allait pas tarder à rentrer. Il avait couru à en perdre le souffle de la place de la Concorde jusqu'à la rue de l'Archevêché et voilà qu'il reculait devant l'obstacle, devant celle qu'il s'empressait quelques minutes plus tôt de rejoindre.

Il voulut battre précipitamment en retraite, non sans laisser une trace de son passage. Il lui fallait une carte qu'il n'avait pas sur lui, se souvint de celles que Madeleine rangeait dans son carnet à secrets, à côté de la précieuse lettre qu'elle lui avait si souvent montrée avec ses yeux mutins : le tout premier message qu'il lui avait adressé quand il était allé la voir ce soir d'août 1925 à l'Opéra-Comique. Message banal qu'il relut encore avec émotion : il avait suffi de huit mots pour que le cours de sa vie soit inversé : « Vous serez la femme de ma vie. Numa. »

Il replaça la missive dans le carnet mais sentit une résistance : sans doute une de ces cartes de visite que Madeleine recevait par dizaines et qui parsemaient ses poches. Il insista. Ce n'était pas un bristol mais une lettre aux armes du ministère de la Guerre. Son cœur battit. Il pria le ciel d'y retrouver l'écriture de François-Xavier, leur meilleur ami, confesseur et complice de Madeleine, fidèle parmi les fidèles de Paul Painlevé et à ce titre membre de son cabinet depuis plus de trois ans. Dès la première ligne, il sut qu'il s'était trompé, pis, qu'on l'avait trompé.

Il avait sous les yeux la réponse d'un amant à une lettre de rupture.

« Madeleine,

Comment pourrais-je t'en vouloir ? Il est impossible d'en vouloir à ceux que l'on aime et c'est bien le grand malheur de cet état que de jouir également des coups comme des caresses, pourvu que ce soit la même main qui les donne.

Tu veux fermer la brèche, dis-tu. Soit. Mais ne te trompe pas sur l'effet et la cause. La brèche était là avant moi ; d'elle, déjà, s'échappait largement ton autre amour. Si j'ai pu m'y engouffrer aisément, c'est que je n'avais ni à la creuser ni même à l'agrandir.

D'humeur plus joyeuse, je te dirais qu'au rythme de nos rendez-vous manqués, nos planètes devraient se rencontrer à nouveau aux alentours de 1940. Je ne doute pas qu'alors nous n'y voyions beaucoup plus clair. Il nous manquera seulement ce que nous avons aujourd'hui : la jeunesse et le temps.

Je ne suis pas accoutumé à ce genre de lettres. Pour en avoir reçu quelques-unes, je sais même combien elles peuvent irriter si l'on n'est pas dans les mêmes sentiments. Mais puisque j'ai résolu, avec toi, de m'exposer à ce que je redoute le plus, c'est-à-dire à l'abandon, autant que cette audace soit la source d'une liberté, celle de te dire ce que je pense et que mon corps, à la différence du tien, exprime si mal.

Je te souhaite, Madeleine, d'obtenir ce que tu veux là où tu le cherches. Mais, de cette histoire, qui peut déjà prédire la fin ?

Marcel. »

Numa était blanc comme un linge. De fines gouttelettes de sueur perlaient à ses tempes, à la racine de ses cheveux. Il relut la lettre, la fourra dans sa poche, fouilla encore le carnet pour y trouver ce qu'il cherchait : une carte vierge au nom de Madeleine, buta à nouveau sur un message de trois lignes de la même écriture et signé du même prénom maintenant honni : « Une vraie ville… De bien belles choses… mais sans toi. Tendrement. Marcel. » Le billet, daté du 5 mars, était envoyé de Berlin. La première lettre, elle, n'était pas datée, elle avait été délivrée par porteur spécial du ministère. Il mit le billet comme la lettre dans sa poche.

En ce mercredi soir, Numa se sentit immensément malheureux. Pas de colère froide, pas encore de haine, juste un tremblement de tout son être, l'effet d'un coup de poing bien appliqué au creux de l'estomac. Il écrivit machinalement deux ou trois lignes sur le papier à lettres de Madeleine : « Je suis venu, j'ai attendu, je doute. Viens très vite. »

Il déposa le message à même le tapis, derrière la porte, en espérant que la cameriste ne rentrerait pas avant sa maîtresse. Il hésita, prit la feuille, la laissa un instant sur le lit. Le couvre-lit était trop blanc, on voyait à peine ce message griffonné. Il le replaça à l'endroit initial, sans savoir désormais ce qu'il faisait ni ce qu'il venait d'écrire. Il pressentait simplement qu'il lui fallait partir au plus vite de ces lieux qui lui devenaient hostiles. Il dégringola les escaliers en titubant.

III

Elle ne vint pas cette nuit-là, ni la suivante. Il l'attendit en se vidant peu à peu de son âme.

La souffrance, le cœur qui cogne à saigner dans sa cage, à nouveau les heures sans sommeil, les oiseaux qui chantent trop tôt, les aubes blêmes.

L'écœurement de soi, et de l'autre, surtout. La nausée du mensonge, de la trahison, de la lâcheté, du mensonge qui revient encore. L'être tant aimé qui dégringole dans la boue ordinaire, dans l'effroyable banalité de la tromperie.

Une femme idéalisée, magnifiée, qu'il avait crue pure, fidèle, aimante. Celle qui l'aidait à tenir le cap dans sa souffrance de fils orphelin. Et c'est au cœur de cette confiance qu'elle l'avait frappé. Au cœur d'une vie construite sur du sable, et dont le seul château s'écroulait soudain sous un raz de marée de dégoût. L'inutilité de vivre l'envahissait.

> « Ton mensonge, écrivit-il ivre de fatigue, c'est de l'acide, du cyanure, du mercure. Ce qu'il cache peut-être comme autres liaisons, étreintes, situations médiocres… Ce maquillage cynique pour essayer de m'en faire porter la faute, cette mise en scène vulgaire autour de l'enfant que tu disais vouloir de moi. Tout cela pour une coucherie, pour me faire sortir de ta vie est indigne de toi, de nous. »

Pourquoi, à Barbizon, ne s'était-il pas davantage alarmé ? Elle disait alors ne plus vouloir de son corps, et surtout moins l'aimer ? Les semaines qui avaient suivi l'avaient détrompé. Il avait foi en elle, au moindre de ses mots. Il se souvenait de sa promesse de l'Hôtel Meurice : « Plus jamais je ne mentirai. » Il la croyait sienne, attachée à un seul homme comme il l'était à elle seule. Pas un instant il n'avait imaginé un amour différent du sien : plein, entier, noyé de bonheur, y compris dans les circonstances les plus rudes de sa vie loin d'elle, quatre années durant.

Depuis quand ces petites compromissions ? Pourquoi ces lettres d'un autre mêlées à la sienne, comme une ultime salissure ? Des confidences partagées avec ces camarades qu'il lui était désormais impossible de revoir, François-Xavier et Bernard, des amis-alibis qui devaient tout savoir et couvrir depuis si longtemps la trahison.

« J'ai envie de mourir, Madeleine, continua-t-il. Ton corps me fait horreur, ton âme me révulse et pourtant je pense que je t'aimerai jusqu'à mon dernier souffle. Mais la haine s'est installée. »

Il lui semblait impossible maintenant de croiser une seule seconde ce regard qui lui avait tant menti. « La brèche était là avant moi, avait écrit l'autre ; d'elle, déjà, s'échappait largement ton autre amour. Si j'ai pu m'y engouffrer si aisément, c'est que je n'avais ni à la creuser ni même à l'agrandir. » Il avait écrit : « ton autre amour », et elle n'avait pas hurlé. Il avait dit sans vergogne qu'il s'y engouffrait aisément. Il semblait bien fier de lui. Il n'avait pas hésité à lui faire savoir que, dans la vie, il avait déjà collectionné quelques lettres d'amour...

« Je veux disparaître, écrivit encore Numa, je ne sais pas si j'y arriverai, j'ai comme toi peur de mes lâchetés mais je les assume. J'aimerais plus banalement qu'une maladie m'emporte, fasse place nette pour te permettre d'autres turpitudes… Si Dieu me donne cette grâce, j'arrêterai alors de souffrir et de penser que les êtres les plus beaux, les plus purs, restent toujours immaculés. Je quitterai alors sans regret ce monde de fauves où les loups attendent la défaillance de la moindre brebis, où chacun bêle et hurle à la fois.

Tu ressembles donc aux autres, Madeleine, et c'est cette image-là qu'il va me falloir désormais garder, sans plus jamais te parler. Je t'avais tant aimée. Je t'aime tant. »

IV

Il ne relut pas sa lettre dont il redoutait les outrances. C'était plus fort que lui. Pour crier son malheur, il éprouvait le besoin de faire appel à Dieu, à la mort, à l'éternité de l'amour. Tant de naïveté déconcertait chez un homme qui avait connu bien des femmes avant elle. Il lui fallait mettre en scène ses souffrances pour mieux les conjurer. Et il était d'une absolue sincérité. Jusque dans ses erreurs, la plus criante étant de ne pas s'empêcher, dans sa dernière phrase, de lui répéter qu'il l'aimait. Il n'avait ni la force ni l'audace de briser net dès la cassure naissante de cet amour qu'il avait cru sans tache.

Madeleine sentit la faille et lui répondit aussitôt :

« Numa,

Tu n'es bien sûr pas obligé de croire ce que je t'écris puisque je t'ai menti. C'est la pire des choses. Et c'est moi qui l'ai voulue.

J'espère seulement que tu liras cette lettre jusqu'au bout.

Cette relation a été extrêmement brève, un chemin de traverse emprunté quelques jours. Sans signification sentimentale. Peut-être pour me prouver que je pouvais me passer de toi. En vain. Peut-être aussi pour détruire un amour que je trouvais souvent incomplet, frustrant pour moi, déséquilibré, sans lendemain, sans aucun avenir…

J'ai tout fait cesser très vite, presque sur-le-champ. Je pense que la lettre que tu as trouvée et lue en atteste.

C'est ma seule "turpitude" en quatre ans. Je ne dis pas cela pour amoindrir la faute ni pour l'excuser. J'espère seulement que tu me croiras.

Encore une fois, je ne recherche pas d'excuse. Mais tu ne dois pas parler de mise en scène autour de l'enfant. Je l'ai voulu. Je te l'ai dit sans chercher à trouver là un alibi, ni à maquiller quoi que ce soit. Tu ne m'as pas donné de réponse. J'en ai été immédiatement triste. Je le suis aujourd'hui plus que jamais.

Parce que tout est gâché. La confiance est brisée. D'un amour "exceptionnel", j'ai peut-être fait une histoire banale. Parce qu'au fond je ne suis sans doute capable que de cela. Et de vieillir seule.

Je t'ai souvent attendu, je crois que tu m'as beaucoup demandé. Je t'ai donné ce que je pouvais.

Je suis extraordinairement malheureuse.

Je peux comprendre ta haine. J'aurais ressenti la même.

Je t'ai, moi aussi, reproché tant de choses mais de ma vie je n'ai jamais aimé que toi.

Madeleine. »

Numa tournait et retournait cette lettre qui l'ébranlait. Trois pages… Elle ne lui avait jamais écrit si longuement. Les allusions à son infidélité remuaient le fer dans la plaie mais deux ou trois phrases de la fin le touchaient en plein cœur. Notamment celle-ci, peut-être parce qu'il n'était plus le seul à souffrir : « Je suis extraordinairement malheureuse. » Elle avait écrit « extraordinairement » sur une pleine ligne, comme elle l'avait fait un peu plus haut pour « immensément ». Ses *m* n'avaient pas de jambages, ils s'étalaient telle une plainte.

C'est parce qu'il les jugeait émouvants, parce qu'il trouvait un étrange réconfort à la savoir malheureuse, sans doute, surtout parce qu'il ne pouvait s'empêcher de l'aimer, qu'il commit la deuxième erreur de sa journée : il alla la voir chez elle.

V

Il sonna. Elle lui ouvrit, les yeux rougis. Il ne parvint pas à l'embrasser. Elle respecta sa répulsion. Très belle, fragile dans son mutisme, elle se cabra pourtant lorsqu'il essaya de lui faire raconter sa faute. Elle détestait la violence et les rapports de force. Aussi se contint-il pour essayer d'obtenir, en douceur, ses aveux, avec le secret espoir de lui découvrir une âme moins laide et d'apprendre une vérité moins ravageuse.

Dès leurs premiers échanges, il comprit cependant que cette vérité-là ne serait pas belle à entendre. Il tenta d'abord de comprendre la chronologie. Il n'avait pour seul point de repère que cette carte de Berlin début mars, au moment même où elle lui adressait, de son côté, un message de rupture avant de se rétracter. Et, faute d'oblitération, il ne savait de quand datait la terrible lettre de Raffoul qui lui faisait tant de mal depuis hier.

Sentant le piège, ou désireuse de ne pas le voir souffrir davantage, elle jura ses grands dieux qu'elle n'avait pas tenté de le quitter pour l'autre, qu'il n'y avait aucune espèce de rapport entre ces deux lettres, que l'aventure était antérieure et s'était presque aussitôt terminée.

Puisqu'il n'y arrivait pas de cette façon, Numa tenta, avec des craintes de chat inquiet, de connaître le début de l'histoire. Elle s'embrouilla, parla de quelques jours, évoqua une courte période pendant laquelle il s'était absenté en Roumanie. Il ne la crut pas. Le ton de la lettre de ce Raffoul était tout autre : s'il l'avait aimée, il lui en avait bien fallu le temps. Mais elle, l'avait-elle aimé ? « Oh non, je te le promets. »

Elle jurait beaucoup depuis le début de la conversation et il l'y contraignait de manière infantile : « Jure-moi sur la mémoire de mon père, sur notre amour, sur moi... » À chaque fois elle jurait. N'obtenant d'elle que des serments ou des reniements, il essaya, par recoupements, de savoir quand avait commencé cette liaison. Elle s'arc-bouta au mois de janvier après avoir tenté février pour mieux faire coïncider la chronologie avec la carte de Berlin. Elle s'enferrait. Il lui demanda un peu d'absinthe pour se donner le temps de jeter un œil furtif dans son agenda. Rien de suspect si ce n'est un déjeuner aux initiales M.R. à la date du 15 décembre... Ensuite, elle avait dû se méfier et ne rien inscrire qui pût la trahir.

Quand elle revint dans la pièce, il se résolut à batailler sur un autre terrain, qui lui faisait plus horreur encore, celui des relations physiques. Une fois de plus elle jura, promit qu'ils n'avaient pas « vraiment » été jusqu'au bout. Il insista lourdement : que fallait-il entendre par là ? Il demanda où cela s'était passé.

— Chez lui, répondit-elle.

— Est-il venu ici ?

— Non. Si, juste une fois.

— Et vous avez fait l'amour ?

— Non, non, il est resté sur ce canapé.

— Sans rien faire ?

— Sans rien faire.

— Vous n'êtes pas allés dans ta chambre ?...

— Il n'y est pas entré.

— Tu me le jures ?

— Je te le jure.

La conversation devenait sordide. Il se détestait, la détestait. Il haïssait sa jalousie. Elle rend sale, mesquin. Chacun en ressort avili. Il tentait de dissimuler son dégoût sous de fausses élégances. Il désirait la voir morte à ses pieds. Il n'aurait pas le courage de la tuer mais souhaitait qu'elle souffre. Il affectait de ne poser que des questions cliniques, sans pouvoir s'empêcher de revenir sur ses obsessions : où ? Quand ? Comment ? Ses amis du Ministère l'avaient-ils su ? Qui les avait présentés l'un à l'autre ? François-Xavier, sans doute, qui travaillait avec Raffoul ? François-Xavier, en qui il avait une telle confiance ? Elle parla d'un concours de circonstances pour ne pas rentrer dans le détail et finit par évoquer un premier déjeuner en décembre où il ne s'était rien passé. Il tenta de la circonvenir en la confondant sur des dates, puisqu'il notait tout sur son agenda personnel. De son côté, elle n'avait rien marqué, tout donnait donc prise au soupçon, elle se sentait mise en cage, impuissante devant ce flot de questions et de haine.

Elle se braqua à son tour, serra les mâchoires, se ferma à l'interrogatoire, devint cassante. Il la détesta davantage, se leva pour partir, elle ne le retint pas. Il se retourna. Elle restait butée, recroquevillée sur son canapé, l'œil absent, le regard fixé sur le fantôme de sa faute qui hantait encore ce salon.

Il lui dit sans réfléchir :

— Quitte ce canapé. C'est là qu'il s'est assis.

Elle ne bougea pas. Il claqua la porte en implorant le ciel qu'elle la rouvre et le supplie de revenir. Il descendit lentement l'escalier. La porte ne se rouvrit pas.

VI

«Vendredi 27 mai.

Tu vieilliras seule, Madeleine. Par méchanceté et par égoïsme. Par orgueil mal placé : tu as été incapable de te jeter à mes genoux, de me demander pardon, de me supplier de revenir. Sans doute ne m'aimes-tu plus. Mais cet ultime aveu, par lâcheté, tu es incapable de me le donner. Comme tu as été incapable de te confesser, de me dire la vérité des faits. Hier encore, au fil de tes mensonges, les versions ont varié. D'une petite aventure de trois ou quatre jours, on est passé à une liaison de quatre mois. Tu as déjeuné avec lui en décembre, il t'a écrit cette lettre en mars. Quatre mois de faux-semblants, d'une écœurante tromperie. Pendant ce temps tu me côtoyais, tu me mentais donc. Tous ces camouflages, cette impossibilité de te voir certaines nuits... Et tes proches qui ont accepté de couvrir, par leur silence ou leur complicité, ces coucheries triviales, je croyais les avoir adoptés comme amis, ils sont si rares dans ma vie. Une fois de plus, je me suis trompé et j'ai été trompé. Je suis au fond un pauvre type, ridicule de naïveté, avec ses bouffées de pureté béatifiant n'importe qui.

Tu vas désormais à nouveau passer de cabinet en cabinet, de bras en bras, de corps en corps. Tu vas offrir ou vendre tout cela à qui en aura besoin. Tu avais pourtant à tes côtés un homme qui t'aimait, d'un bloc. Un homme aujourd'hui en loques après cette nouvelle nuit blanche et ce coup de désespoir qui lui est tombé sur la tête, un homme au cœur lourd de haine, ravagé par le chagrin et soulevé par le dégoût. Le dégoût de tout, de toi bien sûr, de ce corps souillé, de moi aussi. J'ai été incapable d'être à la hauteur, au terme de ces quatre années où j'avais avec toi atteint les sommets du bonheur. Trop de souvenirs magnifiques et tendres balayés par mon impuissance à te deviner capable de si médiocres abandons...

Nous avions tant et tant à nous raconter encore, à vivre simplement. Ma force, cette vitalité que tu disais aimer en moi, t'ont peut-être aidée à surmonter quelques-uns de tes vertiges. Ton amour, celui du moins que dans un rêve éveillé je croyais déceler chez toi, me donnait en retour des ressources nouvelles, splendides, uniques. Tu as tout gâché, tu as brisé un homme, tu t'es suicidée sans gloire. »

Il était cinq heures du matin. Avant d'éteindre, il se relut et trouva sa prose franchement mauvaise. Peu importe, il ne récrirait pas cette lettre dont chaque ligne regorgeait d'amertume. C'est elle qui avait fait de lui ce mauvais perdant. Ses écrits lui renvoyaient la médiocrité de son âme. Comme le visage d'une femme qui, se sentant moins belle, dissimule les ridules de sa lèvre supérieure par des artifices de poudre et de rouge, mais dont le rictus ressort et accuse des années de méchanceté.

Numa Castelain est devenu vieux, il est devenu laid. Il n'a plus qu'à se laisser couler.

VII

« Numa,

Essaie de pardonner. De me pardonner. Je t'en conjure.

Je comprends ton dégoût.

Je le partage. Je suis moi aussi anéantie.

Il faudra sûrement du temps. Prends-le.

Je t'attendrai.

Je t'aime et je n'ai jamais cessé de t'aimer.

Je voudrais — je te l'ai toujours demandé — tout partager avec toi.

Je partage d'ailleurs ton désespoir.

Tu es tout pour moi. Et c'est peut-être parce que j'ai toujours douté de la réciproque que je me suis égarée un instant. Je t'attends.

Madeleine. »

Elle savait décidément écrire court, et juste. Mais qui croire ? La Madeleine de l'été de leur rencontre, ou celle de l'hiver de la trahison ? Où sont nichés les nouveaux mensonges ? Peut-être nulle part, peut-être est-elle sincère dans ce retour d'un pneumatique parvenu le matin même. Elle l'est, Numa en est sûr, mais il ne saura jamais pardonner ni oublier. La répulsion, pourtant, n'arrive pas à l'en éloigner. Et il se méprise de cette faiblesse-là.

De la journée, il réussit seulement à ne pas lui répondre. Il ne sortit qu'au soir en évitant les lieux où il pouvait être reconnu, les endroits qu'elle était susceptible de fréquenter. Il longea la Seine et s'arrêta sous le pont Marie. Pendant de longues minutes il observa les reflets de l'eau, jusqu'à en épouser la moindre vaguelette. Il voulait s'y laisser choir, pierre attirée par le vide, ressentir cette descente aux enfers qu'il avait ardemment souhaitée ce matin avant de souffler la flamme d'une bougie devenue inutile en cette aube cafardeuse.

Une fois de plus, le courage lui manqua. Il revint piteusement chez lui et s'écroula de fatigue dans son uniforme qu'il ne prit même pas le soin d'ôter.

Il n'avait dormi qu'une petite heure quand le soleil le réveilla. Il se déshabilla, mit un drap devant sa fenêtre, résista à la tentation de boire un litre de vodka pour tout oublier, se recoucha mais ne trouva plus le sommeil.

Il repensa à ses rêves de grandeur, aux dunes de Malo-les-Bains dont il avait fait son territoire d'enfance, à son adolescence insouciante et à ce grand gaillard de Jean-Philippe, son ami, qu'il avait retrouvé hébété, il y a quelques mois, dans une rue de Paris alors qu'ils s'étaient perdus de vue, tant Madeleine avait pris de place dans sa nouvelle vie. Dralloc ne s'était jamais remis d'une déception amoureuse. Comme lui, il était assommé, ahuri. Cela se voyait un peu moins, parce qu'on apprend à mentir quand on connaît les mots et les usages, mais Numa n'avait pas encore cette carapace, trop de pensées grouillaient dans sa tête.

Il lui fallait dès ce soir affronter une nouvelle épreuve. La baronne de La Baume les avait, Madeleine et lui, invités à découvrir son nouveau logis à Passy. Dîner *cosy*, selon le terme qui faisait alors fureur chez les dandys. Ils n'étaient pas les seuls convives ce soir-là dans le nid douillet que la baronne s'était aménagé avec son bel amant italien, le ténor Polacco. Il résolut d'y aller pour ne pas provoquer de rumeurs. L'hôtesse avait bon cœur mais aussi grand débit. En deux jours, le Tout-Paris que fréquentaient le bel aviateur et la prometteuse cantatrice serait au courant de la moindre quinte de toux, ce qu'il voulait à tout prix éviter. Une peur imbécile du qu'en-dira-t-on qui surprenait chez un militaire affectant des manières sauvages.

Il se refusait à tout contact avec Madeleine et ne doutait point d'une dérobade de sa part après l'explication de l'avant-veille. Elle n'oserait pas aller chez la baronne que Numa lui avait présentée. Il se rendit donc en relative confiance chez Madame de La Baume, prétexta une forte migraine pour expliquer l'absence de Madeleine.

Vers dix heures du soir, après les apéritifs avec un couple d'amis, on se prépara à passer à table. Le maître d'hôtel avait prestement escamoté le sixième couvert. Ils allaient s'installer pour dîner lorsque monta, du pavé neuf, le bruit d'un taxi approchant puis s'arrêtant. Numa redoutait le pire, et l'espérait tout à la fois : c'était bien Madeleine.

Les yeux fixés sur son verre, il entendit

des conciliabules sur le perron, vit les domestiques s'affairer, la maîtresse de maison se lever. Elle trouva les mots pour se réjouir de cette migraine voyageuse et précéda Madeleine qu'elle présenta à Polacco. La scène se déroulait dans le dos de Numa qui se leva à son tour, en forçant sa gaieté. Madame de La Baume eut le bon goût de ne pas insister, le maître d'hôtel celui de discrètement remettre à leur place les couverts disparus et le ténor sut en un tour de main créer l'ambiance chaleureuse qui seyait aux dîners intimes.

Par chance, les amants déchirés n'étaient pas placés côte à côte. Leurs regards s'évitèrent d'instinct et la conversation fut assez futile pour permettre à chacun de s'ébrouer sans risques.

Au café, les convives furent invités à changer de pièce et Numa se retrouva, sans l'avoir cherché, à côté de Madeleine. Le tocsin sonnait dans sa tête. Il ne pouvait se départir d'une certaine admiration devant le cran de cette fille insultée qui acceptait une confrontation publique avec l'homme qui la haïssait. Mais surgissait aussi l'armée des dragons noirs qui voulaient le persuader du geste calculé de sa maîtresse, toujours soucieuse de briller dans le monde et, comme on commençait à le dire à l'époque, d'« arriver ».

Pour lutter contre les flux et reflux de son âme, il se rapprocha insensiblement de Madeleine qui ne bougea pas. Sa main finit par effleurer son bras. Elle se recula d'un demi-millimètre. Voilà plusieurs jours qu'il ne l'avait pas touchée. Il ne savait si chez lui le dégoût allait l'emporter sur le désir et c'était elle qui se dérobait... Il approcha à nouveau. La main ne se refusa pas. Il fixa son regard un bref instant et emprisonna son poignet. Il la sentait au bord du choc émotif. Pour la première fois depuis la fatale découverte du mercredi soir, il eut l'impression de reprendre le jeu, l'espace d'un moment. Mais il ne la regarda plus de toute la soirée.

Lorsque vint l'heure de quitter leurs hôtes, Numa se débrouilla pour donner le change en accompagnant Madeleine jusqu'à la grille, comme s'ils s'apprêtaient à rester ensemble. Quand les silhouettes de la baronne et de son amant eurent disparu derrière les tentures ajourées, Numa s'efforça de regarder sa maîtresse droit dans les yeux et lui demanda pourquoi elle n'avait pas saisi sa main lorsqu'il l'avait frôlée la première fois.

— C'était trop neuf, répondit-elle, trop fort, j'avais tellement peur de tes réactions.

Elle l'observait de côté, en petite fille inquiète, visiblement désireuse de se voir proposer une place dans la même voiture. Il ne disait rien, jouissant de cet appel frustré et brûlant tout à la fois d'y répondre. Les mâchoires serrées, il tenta de la prendre dans ses bras mais la repoussa dans le même geste. Elle ne bougeait pas, condamnée à l'immobilité face aux flots contraires qu'elle décelait en lui. Il lui fallait ne rien dire, ne rien faire qui pût accroître la douleur statufiée qui lui faisait face. Elle attendit, il ne dit rien, il ouvrit à nouveau les bras, elle s'y blottit, il évita de lui effleurer la joue. Leurs têtes ne se touchèrent pas, leurs cœurs étaient enflammés. Il partit le premier, sans se retourner.

VIII

Une heure à peine après son retour chez lui, on apporta à Numa un court billet de Madeleine, froissé, qui lui donna le frisson :

« Numa,

J'en tremblais... Je ne m'attendais pas à tes gestes. Je ne pouvais pas imaginer qu'une once de tendresse fût possible après le dégoût que tu avais dit.

Tu m'as tendu la main et l'épaule. Je les ai prises, presque sans y croire. Avec la peur d'aller trop loin et que la haine revienne.

L'atmosphère était chaude, dans cette

maison destinée, par d'autres que nous, à l'amour.

Bien sûr, l'image de ces couples un peu abandonnés était belle. Si belle… Bien sûr, j'aurais rêvé que nous puissions repartir tous les deux dans une maison voisine…

Je ne sais pas où tu en es. J'espère de toutes mes forces que le calme revienne un peu, que les gestes de ce soir puissent être répétés. Sans peur.

Je pense que nous sommes trop indissociables pour ne pas surmonter ton écœurement et ma honte.

Je voudrais que tu ne le regrettes pas et que tu en aies encore la force.

Madeleine. »

Sous sa plume, « abandonnés » était immensément long…

IX

Les jours qui suivirent furent douloureux. Par ses lettres et son comportement, Madeleine avait réussi à ne pas casser le fil ténu qui la reliait encore à Numa. Il ne sut ou ne put le rompre, ce fut sa perte.

La première embûche se présenta dès le lundi. Il s'était, depuis un mois, réjoui d'assister à la reprise très attendue de *Lucia di Lammermoor*, au Palais-Garnier. Le directeur de l'Opéra était lié au ténor Polacco et lui avait fait don d'un grand rôle, assez noir, qu'il avait déjà chanté à Milan.

Le bel Italien avait, l'avant-veille, offert

deux places à ses jeunes hôtes qui allaient donc se retrouver côte à côte dans une loge.

Tout Paris était de sortie. La ruche bourdonnait, on s'épiait, on se jaugeait. Les hommes n'hésitaient pas à soupeser leurs appréciations sur la gent féminine à l'aune de lorgnons ou de jumelles. Les femmes avaient la dent dure pour leurs pareilles. Les uns et les autres s'observaient beaucoup, de travée en travée, de balcon en étage.

Madeleine était magnifique. Une beauté simple, sans apprêt, qui attirait les regards. Numa crut voir le colonel Georges, étoile montante de l'état-major, se retourner sur elle. Ces attentions le flattaient et le blessaient à la fois. Il se savait taciturne, rongé par la souffrance et guère séducteur. À ses côtés, les tranquilles attraits de sa compagne le heurtaient. Comment pouvait-on être aussi resplendissante en sachant qu'on a fait le mal autour de soi, qu'on se promène au bras d'un amant exsangue? Était-ce la même jeune femme qui lui disait la semaine dernière être « anéantie », « extraordinairement malheureuse », était-ce la Madeleine secouée par le remords et la honte ? Elle avait bien appris ses rôles dans le répertoire...

Pendant l'opéra, parfaitement adapté à sa sensiblerie du moment, il pleura à chaudes larmes, comme un petit garçon, et tenta de détourner son visage mouillé du regard de sa maîtresse. Malheureusement, une spectatrice voisine l'avait observé et, prenant son chagrin pour une émotion artistique, lui adressa un sourire complice qui l'agaça.

Il aima la mort des héros, y projeta sa propre fin, celle de Madeleine aussi, et lui serra alors très fort la main droite.

Les lustres se rallumèrent beaucoup trop tôt, libérant les vivats de la salle et le dernier aveu lacrymal de Numa.

À la sortie, quelques amis leur proposèrent de les rejoindre au restaurant du Plaza. Ils promirent, n'y allèrent pas. Numa rentra seul chez lui, noyé dans une souffrance qui le liquéfiait et l'obligea à rester trois longs jours terré rue de Bourgogne, refusant tout contact avec Madeleine.

Lorsque le ciel blanchit pour la quatrième fois, il lui écrivit.

X

« 2 juin, 6 heures.

C'est parce que je t'aime — hélas ? — que je souffre à ce point et que j'achève en cette aube pluvieuse cette nouvelle nuit sans sommeil.

Si je t'ai évitée depuis trois jours, c'est pour nous épargner une souffrance supplémentaire. Lundi, après l'Opéra, j'aurais aimé que tu me répondes : "Moi aussi" quand je t'ai dit : "Je t'aime." J'aurais aimé de ta part des engagements, des abandons qui me manquent aujourd'hui affreusement. Une vraie conversation honnête, sans mensonges, les yeux dans les yeux, sur les détails de ta liaison avec celui qui m'a supplanté. Tu n'évoques qu'un "contexte", tu me concèdes de simples excuses, souvent culpabilisantes, tu n'oses pas aborder cette réalité qui me ronge.

Je suis anéanti, à l'image de cette lettre incohérente. Perdu, malheureux comme les pierres, car se mêlent dans mes nuits et mes jours à venir amour, haine et dégoût. C'est une monstruosité que tu as commise. Rien ne me permettra jamais d'oublier, de pardonner. Et si je parle si souvent de Dieu ou du destin, que je n'ai pas beaucoup implorés devant toi en quatre ans, c'est que je les supplie de me venir en aide, d'effacer d'une manière ou d'une autre — fût-elle la plus radicale — cette longue souffrance qui n'en finit pas de me dévorer.

Tu sais pourquoi je souffre. J'avais tant cru en toi, en la force de ton amour, en ta droiture. Tout s'est écroulé avec cette lettre coup de poignard, cent fois relue. “Ce que mon corps, à la différence du tien, exprime si mal” : c’est une phrase atroce, qui dit trop ce qu’elle veut dire. “De cette histoire, qui peut prédire la fin ?”, ajoute-t-il. Il y a eu histoire, Madeleine, ne mens pas. “Si j’ai pu m’y engouffrer si aisément…”, c’est écrit, au fer rouge, dans mon cœur, dans ma mémoire et ça ne concorde pas avec tes explications. Sois franche pour une fois, affronte-moi ce soir avec tes ambiguïtés, ta honte et peut-être l’aveu d’un élan passé.

Je meurs de cette histoire, et pourtant j’ai tout fait pour puiser dans mon corps amaigri la force de ne pas rompre, de continuer à faire des gestes. Cette lettre en est un de plus — celui d’un noyé qui agite la main. Prends-la, ne me laisse pas couler, ne recommence jamais, prie pour que l’on s’aime avec la même pureté qu’avant. Il pleut. »

« 2 juin, 10 heures.

Numa,

Je ne suis pas fatiguée, je suis anéantie.

J'ai répondu "moi aussi" à l'Opéra. Comment peux-tu en douter ?

J'essaie d'être auprès de toi autant que je peux.

Je suis sûre que les choses vont s'effacer doucement.

Je comprends ta douleur. Je t'ai dit que je l'aurais ressentie comme toi.

Encore une fois, je ne cherche pas d'excuse. Je veux seulement retrouver parfois un peu d'oxygène.

Je suis prête à faire ce que tu veux pour que tu retrouves confiance.

Répète-toi que tu es le seul homme, dans ma vie, à qui j'aie jamais dit : "Je t'aime."

Je crois que mon sentiment envers toi

est très fort. Et qu'il sera plus fort que ma peine, ma honte, et ta souffrance.

Madeleine. »

Les deux amants s'envoyaient billet sur billet, mais rien ne parvenait à apaiser les plaintes de Numa et les remords — réels — de Madeleine.

Insensiblement, la jeune cantatrice tenta de se protéger en suscitant une rencontre avec son ami Bernard, qu'elle choisit pour émissaire. Numa, lui, se murait dans sa tanière et reprochait sourdement à sa maîtresse sa vie sociale, ses apparences désinvoltes. Il s'était déclaré définitivement malheureux et eût aimé que le monde entier partageât son deuil. Madeleine sentit ces nouvelles suspicions et multiplia les visites inopinées, se gardant toutefois d'offrir son corps à Numa de peur qu'il le rejette.

Pour éteindre le nouveau feu qui couvait,

elle lui écrivit une lettre beaucoup moins courte qu'à l'habitude.

« 4 juin.

Numa,

Si j'étais un peu rassérénée hier soir, c'est peut-être parce que j'avais pu parler — mais sans dire les choses — à ceux qui ne jugent jamais. L'indulgence de mes proches est évidemment infinie, aveugle, quoi que je puisse faire.

Les amis intimes, eux non plus, ne sont pas impartiaux. Heureusement pour moi.

Avec eux, j'essaie justement d'effacer la honte dont tu parles, le dégoût du gâchis.

Il faut bien arriver à s'en sortir, à se désengluer. Il le faut, tu comprends.

Si tu décides de ne plus me voir, le soulagement de ne plus devoir répondre à tes questions ne pèsera rien, Numa, rien à côté du vertige, du désastre de l'abandon.

Au nom de tout ce que l'on a fait ensemble, des amis que l'on aime voir l'un avec l'autre, de cette façon de nous comprendre à demi-mot, à la plus légère intonation, aux seuls regards échangés,

si tu repenses à ta vie (et moi à la mienne), tu ne peux pas ne pas te dire que notre amour est plus important que tout, qu'il n'a pas d'équivalent.

Pour moi, en tout cas, il n'en a jamais eu.

Madeleine. »

XI

EXTRAIT DU JOURNAL INTIME DE NUMA :

5 juin 1929.

La pelote s'est presque entièrement vidée. Doucement, en dix jours, je suis allé au bout de mon rouleau : douleur infinie, dégoût, haine, colère, désir de mourir, de me venger, de fouiller sans grandeur dans le passé malsain, de mourir encore, toutes les couleurs de l'arc-en-ciel y sont passées.

Face à cela, je l'ai vue, elle aussi, évoluer : négation de la faute, puis aveu, volonté de minimiser, de m'en faire partager la responsabilité, à nouveau des mensonges sur l'essentiel et l'accessoire, refus brutal d'en reparler ; le visage qui se ferme, la mâchoire qui se crispe, le ton qui se durcit.

Je m'en veux de ressasser ce passé sans gloire, de sombrer sans avoir le désir réel de m'empêcher de hurler et d'en mourir. Les mots qui s'espacent, les pires moments sans aide et une nuit affreusement vide, celle dont je me sors tout juste.

Il a donc fallu qu'au mensonge, qu'à la trahison, elle ajoute l'égoïsme, pour s'en sortir, sans doute, intacte, comme cela lui arrive si souvent. Elle a des circonstances atténuantes : face à elle, un chien battu, au regard inquiet, aux réflexes méfiants, qui a peur de son corps sali, peur de sa propre perte de confiance.

Dans mon panthéon à moi, il y avait une déesse, Madeleine, dont je connaissais les faiblesses — elle les revendiquait — mais dont je ne pouvais soupçonner les petitesses. Je l'aimais au-delà de tout. J'aimais son odeur, son air affairé même quand elle ne l'était pas, son besoin de forcer la voix pour s'affirmer, ses petits pieds de danseuse, la courbe de son aine, sa grâce, ses seins qu'elle n'aimait pas, ses abandons au creux de mon corps, ses doutes, sa peur de ne pas se réveiller, de ne plus savoir se lever, de mourir avant de devenir une jolie petite vieille, son besoin d'avoir un enfant de nous, sa façon de le dire, sa crainte et son envie de vivre avec moi dans une maison abandonnée au fond d'un parc.

J'aimais ses angoisses, j'essayais de les apaiser. Son intelligence sauf quand elle s'en servait pour argumenter de mauvaise foi. Sa réussite professionnelle même si elle lui paraissait fragile. Sa façon de répéter ses airs et préparer ses sorties de scène comme autrefois ses récitations d'écolière.

J'aimais nos entrées au bras l'un de l'autre dans des assemblées qui semblaient nous admirer. J'aimais la regarder du coin de l'œil en public, me dire que j'avais de la chance, me dire aussi qu'elle le pensait peut-être aussi en croisant mon regard.

J'aimais nos clairs soupers, où nous nous

racontions jusqu'au moindre détail. J'aimais infiniment nos séjours trop rares hors de Paris, nos découvertes, nos bonheurs en commun. J'aimais nos vacances, nos escapades buissonnières. J'attendais l'été avec une impatience de collégien. J'avais tant besoin de cette femme.

Elle s'est trouvé des compromis pour accomplir le grand écart de sa duplicité, un maquillage pour masquer ses lâchetés. J'en ai aussi, je le sais, je connais mes irrésolutions, mais j'ai une admiration infinie pour ceux qui témoignent de courage dans de telles circonstances.

Je ne sais où cette Madeleine-là est enterrée. Je ne sais si elle peut ressusciter. Je sais simplement que mon amour n'est pas mort, qu'il est rougeoyant, encombré de mâchefer qui va durcir en refroidissant. Je meurs à petit feu, avant lui.

Je l'envie de savoir s'en sortir. Et, bien sûr, je l'en déteste. Parce qu'elle m'oblige à m'interroger sur la force de ses sentiments.

Une trahison amoureuse

La vie s'écoulera, elle aimera peut-être ailleurs.

J'aurai connu le plus beau des amours. Le plus pur jusqu'au jour où…

Elle va me manquer affreusement.

XII

De jour en jour, Numa s'enfonçait dans des ténèbres qu'il s'ingéniait à rendre toujours plus sombres. Il se claquemurait chez lui, n'ouvrait jamais les fenêtres, avait renvoyé son aide de camp, ne répondait pas aux coups de sonnette — qui d'ailleurs s'espaçaient — sauf à ceux de Madeleine avec laquelle il était convenu d'un code.

Il l'embrassait sur le front, pour ne pas effleurer ses lèvres, et la faisait toujours asseoir dans le même fauteuil, ne la frôlant jamais. Son corps, touché par un autre dans des conditions qu'elle se refusait à expliciter, le révulsait. De temps à autre, il se levait, mû par un réflexe incontrôlable, et arpentait le salon en forçant la voix. Ces premières marques de colère, qu'il contenait pourtant farouchement, avaient pour effet de raidir l'attitude de Madeleine. Très vite, elle se montrait exaspérée, ne répondait plus, ou mécaniquement. Leurs entrevues se terminaient toujours mal. Il se croyait et se voulait l'homme le plus triste de Paris, elle s'estimait persécutée et jugeait avoir suffisamment expié en demandant pardon. C'était tout à fait insuffisant, elle le pressentait, et lui adressa un pneu pour tenter de l'apaiser :

« 11 juin.

Numa,

Est-ce que tu m'en voudras jusqu'à la fin de tes jours ? Je ne sais pas. J'en ai peur. Et j'ai peur de te regarder. Et bien sûr de te parler puisque j'ai été incapable de le faire depuis hier.

Je souffre terriblement de tes critiques

et de tes questions. Même si, pour l'essentiel, je les comprends.

Je souffre surtout du mur qui parfois nous sépare et que je n'arrive pas à détruire.

Je souffre d'avoir eu envie, hier, que tout cela s'arrête et de ne pas avoir eu la volonté de te retenir.

Je n'espère qu'une chose : retrouver notre entente, effacer les blessures. Nettoyer toutes les bassesses (les miennes).

L'amour, lui, n'a pas disparu.

Madeleine. »

XIII

À la réception du message, Numa prit une décision qui lui coûtait autant qu'elle lui était nécessaire : provoquer une rencontre avec Raffoul.

Ses relations avec Madeleine se flétrissaient comme peau de chagrin. Il lui arrivait tout à la fois de l'humilier et de la protéger. Il la couvrait de mépris et ne l'en aimait que plus. Il ne savait comment se délier de nœuds qu'il s'ingéniait à renouer chaque nuit. C'est la raison pour laquelle il fonça, tête baissée, vers l'obstacle que ses amis — s'il les avait consultés — lui auraient déconseillé d'affronter. Dans son orgueil, il se refusait en effet à partager son infortune avec qui que ce fût, pas même avec Dralloc à qui pareille blessure avait été portée.

Il y avait, dans la démarche qu'il allait entreprendre, une ambiguïté malsaine. Il était encore assez lucide pour le deviner. Peut-être avait-il le désir de se donner les ultimes raisons de détester définitivement Madeleine, pour mieux pouvoir rompre avec elle. Peut-être aussi souhaitait-il aviver davantage ses propres plaies. Il se savait masochiste. Il voulait surtout affronter le regard de celui qui avait su séduire Madeleine puis, l'épreuve accomplie, tuer de sang-froid l'homme qui lui avait fait tant de mal. Dans ce but, il se munit d'un couteau qu'il avait acheté à Dunkerque lors de l'une de ses premières fugues d'adolescent, il en aimait le bois et la lame, finement ciselée. Il l'avait accompagné dans les jours heureux, il serait là pour les coups durs.

Avant d'éliminer son rival, Numa voulait d'abord l'interroger habilement afin de mieux recouper sa version et celles, successives, de Madeleine.

Il se posta donc ce jour-là, à midi, devant la grande entrée du ministère de la Guerre. Il avait toutes les chances d'y croiser Raffoul qui, comme les rupins de ce cabinet, aimait déjeuner en ville. Peut-être un jour Madeleine l'y avait-elle rejoint...

Il n'attendit pas longtemps. Par chance, le dandy sortit seul. De loin, Numa le jugea fade et sans charme. Il était peu probable qu'il lui en eût trouvé.

Il n'avait pas conçu un plan particulier pour l'aborder. Il le suivit donc jusque dans la première brasserie du boulevard Saint-Germain, encore assez déserte à cette heure-là. L'autre alla au comptoir, s'adressa à la patronne qui semblait bien le connaître.

Avant qu'elle ait eu le temps de lui désigner une table, Numa aborda son rival :

— J'imagine que vous savez pourquoi j'ai souhaité vous voir ?

Raffoul qui, au premier abord, avait feint

le plaisir de le rencontrer, sembla perplexe à l'énoncé de la question.

— Non, répondit-il. Mais j'en profite pour vous remercier d'avoir plusieurs fois pris ma défense. On me l'a dit. Ma position était délicate. Votre concours m'a été précieux.

— Laissons cela. Je voulais vous demander pourquoi vous vous vantez d'avoir eu une liaison avec Madeleine.

— Ah ! fit l'autre, visiblement désarçonné.

Mais, en quelques secondes, Raffoul reprit rapidement ses esprits et parut alors maître de lui.

— Pardon si je vous ai offensé. Un certain nombre de personnes étaient, en effet, au courant. Si j'en ai parlé, c'est dans un cercle tout à fait restreint. Vous connaissez d'ailleurs les amis de Madeleine. Il est possible qu'ils aient répandu la rumeur. Je ne crois pourtant pas m'en être vanté, ou très peu.

Face à cette assurance, la voix de Numa était devenue blanche. Il perdait ses moyens, souffrait pour garder le but initial de sa démarche.

— Quand tout cela est-il arrivé ?

L'autre se montra cruel en devançant la plupart des questions qui se bousculaient dans la tête de l'amant trahi.

— Madeleine a dû vous le dire : c'est arrivé un peu avant Noël. Ç'a été une espèce de feu de paille, une manière de passion. Elle a dû se servir de moi un moment dans la relation qui était la vôtre. Ensuite, il est possible qu'elle se soit prise au jeu... Elle faisait tout pour que vous le sachiez et me donnait rendez-vous dans des endroits publics.

— Vous vous voyiez aussi chez vous ?

— Au maximum deux fois par semaine. Je suis allé chez elle quelquefois mais cela se compte sur les doigts d'une main. Là-bas, ça ne se passait pas très bien physiquement entre nous. J'avais l'impression qu'il y avait quelqu'un d'autre dans la pièce. Il y avait des photographies de vous sur chaque meuble. Pour tout vous dire, je n'avais pas envie d'elle.

— Comment cela s'est-il arrêté ?

— Cela s'est fait naturellement, la relation a changé. On a commencé à moins se voir et bientôt plus du tout. Ç'a été, je vous l'ai dit, un feu de paille, intense et bref. On n'a pas eu besoin de rompre. La relation s'est effilochée. On s'est revus en amis. La dernière fois, ce devait être il y a une dizaine de jours, on a déjeuné non loin d'ici, on a parlé de vous…

Il y avait longtemps que Numa n'écoutait plus. L'autre continuait de pérorer, sûr de son bon droit et persuadé de l'immunité accordée par ces longs mois qui venaient de s'écouler sans que Numa eût rien découvert. Il avait tout du fat et cherchait d'abord à dégager sa responsabilité. Ces réflexions anodines, décalées, cadraient mal avec la lettre enflammée qu'il avait adressée à

Madeleine à une époque que Numa n'arrivait toujours pas à déterminer avec certitude. Était-ce, comme elle essayait de le lui faire croire, avant la lettre d'amorce de rupture que Numa avait lui-même reçue de sa maîtresse ? Cela paraissait peu vraisemblable. Se sentant mal à l'aise dans ce mensonge qui se prolongeait, elle avait dû lui signifier son congé avant d'être à son tour déçue par ce gandin qui ne la désirait même pas.

« Je n'avais pas envie d'elle. » Plusieurs fois, ces mots revinrent cogner dans sa tête et l'empêchèrent d'écouter la suite des vantardises de celui qu'il pensait orgueilleusement pouvoir défier mais qui était en train de lui donner le coup de grâce.

Numa eut un moment de flottement. Comment éliminer un homme qu'on haïssait si fort et que, désormais, tout simplement, on méprise ? Dans quelle graisse, dans quel mou de l'âme enfoncer son couteau ?

La lame elle-même se serait dérobée car tout glissait en lui, sur lui.

Par réflexe, il regarda autour d'eux. Les clients arrivaient les uns après les autres dans la brasserie. Numa se jugea peu courageux. Il essaya de trouver un endroit plus désert pour entraîner Raffoul mais l'autre ne donnait pas les apparences d'un homme qui souhaite achever une conversation sur le boulevard.

Pris à son propre piège, Castelain dut subir les derniers outrages de son rival. Le coq l'abreuva de détails qui le répugnaient et termina son plaidoyer par un code de l'honneur tricoté pour clore une querelle : « Je vous donne ma parole de ne pas essayer de la revoir. Mais elle ne vit pas dans une cage… »

Il le salua poliment.

Numa resta interdit un court instant, attablé à ce comptoir qui venait d'entendre tant d'horreurs. Il vit ce rival honni rejoindre ses compagnons de table. Une seule seconde, il eut envie de lui courir après et de lui enfoncer son couteau entre deux côtes. Mais il n'en eut pas la volonté. Pas assez de haine, pas assez de courage. Pas même celui de provoquer un duel. Où était l'aviateur prestigieux qui avait déclenché l'admiration même chez l'ennemi ?

En quelques minutes, il reporta tout son dégoût, toute sa détestation sur Madeleine. Il sortit de la brasserie, chemina en titubant jusque chez lui. Chaque mot de Raffoul était maintenant gravé au fer rouge dans sa mémoire. Il n'en retenait que ce qui le souillait, lui retournait le cœur, et les multiples contradictions de ce récit avec les versions de sa maîtresse. Curieusement, c'est à son rival qu'il faisait confiance.

Il ne lui resta plus qu'à s'enfermer chez lui et à adresser une lettre, qu'il espérait ultime, à Madeleine.

XIV

« Comment se vit la honte ? La regardes-tu ? Le matin, dans ton miroir, le soir, seule dans ton lit ?

Quand on a juré sur sa vie, sur son amour, sur ses amis, que reste-t-il après le dégoût de soi ? Tu m'auras menti jusqu'au bout parce que tu as le mensonge chevillé au corps. Pourquoi m'avoir juré qu'il n'était venu qu'une seule fois chez toi et sans rien faire, alors qu'il y est venu plusieurs fois et que vous y avez fait l'amour sur notre lit ?

Ne mens plus, ne te récrie pas, ça n'ajouterait qu'à ma haine. Cela, c'est lui qui me l'a dit puisque tu n'en avais pas le courage. “Cela se compte sur les doigts d’une main. Là-bas, ça ne se passait pas très bien physiquement entre nous. J’avais l’impression qu’il y avait quelqu’un d’autre dans la pièce. Il y avait des photographies de vous sur chaque meuble… je n’avais pas envie d’elle…”

Ces mots atroces, il m’a fallu les entendre sans broncher parce que j’étais allé racler le fond de mon désespoir. Avec le recul, je comprends mieux ton indifférence, ton soulagement peut-être lorsque, hier soir, j’ai refusé une nouvelle fois de me glisser dans ton lit, après avoir tenté d’exorciser le passé. Je croyais à tes dénégations sur ce lieu sacré que tu as souillé.

Mais je ne croyais pas au reste. Et j’avais hélas raison. “Un peu avant Noël…” Et Barbizon, Madeleine ? Ta mise en scène parce que je ne restais pas en toi, parce que j’avais eu un pressentiment lorsque nous y fîmes pour la première fois l’amour ? J’étais pourtant visiblement le seul à ne pas être au courant : “Il est possible que les amis de Madeleine aient répandu la rumeur, mais, de ce point de vue, elle a été beaucoup plus imprudente que moi : elle faisait tout pour que vous le sachiez.”

C’est à vomir, Madeleine. Je n’ai pas changé un mot de cette conversation. Je n’ai pas ton indifférence à la duplicité. Il a ajouté : “Un jour, elle m’a dit : J’ai rompu avec Numa, je lui ai envoyé une lettre. Elle avait les yeux rougis. Je n’y ai pas cru une seconde.” Du début jusqu’à la fin, tu me trompes dans les dates, dans la chronologie, dans tes sentiments et, ce qui est pire que tout, c’est cette phrase : “une manière de passion, une espèce de feu de paille”, il ne parlait pas de lui, mais de toi !

Voilà, tu sais tout, ou plutôt je sais tout puisque tu savais et que tu cachais. J’ai éprouvé le dégoût, la répulsion de toi. Je t’ai tant aimée, au fond de mon cœur, de mon âme et de mon corps. Maintenant, je peux mourir. Je souhaite que cela vienne vite. Tu l'apprendras par les gazettes, ou par ce qu'il me reste d'amis. Si tu n'en as pas trop honte, dis-leur alors que j'étais quelqu'un de pas mal, quoique un peu tendre en amour, et trop absolu. Dis aussi que j'ai aimé. Et ne dis pas, mais souviens-t'en jusqu'à ton dernier souffle, que j'ai été trahi.

N. »

XV

De ce jour, Numa ne pensa plus qu'à se supprimer. Il ne se remettait pas de sa lâcheté face à la fatuité de son rival. Il eût été plus honnête de parler d'ancien rival puisque rien ne semblait plus unir ce couple mais Numa éprouvait le curieux besoin d'entretenir ce fantôme pour mieux se flageller.

Madeleine ne répondit pas à sa lettre. Il espéra avoir touché juste en affichant ses mensonges au grand jour. Il la voulait pleine de honte, il la désirait abattue. Il se persuadait qu'elle avait peut-être jugé courageuse sa démarche auprès de Raffoul. Quand on est capable de se faire ce mal-là, d'entendre ces vérités-là, c'est qu'on doit être bien malheureux.

Numa avait surtout envie qu'on le sache malheureux. Ses amis Bernard et Jean-Philippe ne comprenaient rien, puisqu'il ne leur parlait plus, mais ils pressentaient le pire. Quant à Madeleine, après un long silence qui réjouit puis inquiéta son amoureux, elle lui adressa ce billet dont les senteurs de lavande lui remirent en mémoire tant de souvenirs :

« 30 juin.

Numa,

Je voudrais que les choses soient simples :

Que l'on soit ensemble puisqu'on en a envie

Que l'on reparte des années en arrière pour avoir l'éternité devant nous

Que nos enfants jouent devant un champ de tournesols

Que l'on continue de s'aimer malgré le temps

Que tu sois apaisé

Qu'il n'y ait plus de gouffre

Que l'on fasse l'amour pour rattraper les jours perdus

Que tu sois là, pour que j'aie seulement envie de toi.

Madeleine. »

Il n'en fallait guère plus pour refaire chavirer Numa. En quelques jours, il s'était persuadé que son esquif n'était pas si frêle que l'espérait sa compagne. Il fut malgré tout incapable de garder le silence qui, seul, aurait pu troubler Madeleine.

Dès le lendemain, il lui offrit une gravure représentant un phare breton, le plus grand de France, celui de l'île Vierge, non loin de l'Aber Vrach. Et dessous, il écrivit au crayon pour qu'elle puisse effacer si elle avait trop honte :

« Tu étais Vierge, tu étais ce phare. J'ai depuis perdu tous mes repères, toutes mes balises. Je ne sais plus quand tu me dis la vérité. Je me force souvent à te croire par lâcheté, parce que c'est plus facile, mais les questions demeurent, bourdonnent sous mon crâne — j'en ai la migraine depuis un mois. Je sais seulement que je t'aime. Et que je te hais pour ce que tu as fait cet hiver. Ces tiraillements me font hurler, de colère, de douleur. Pourquoi avoir choisi ce gâchis, ces mensonges ? Aime-moi à en mourir.

Numa. »

Bien entendu, Madeleine n'avait aucune envie de souffrir, de l'aider à mourir, ni peut-être même de l'aimer. Mais elle souhaitait visiblement le calmer, préparer une rupture définitive qui se profilait avec trop d'insistance depuis plus d'un mois. Elle lui envoya donc une lettre qui révéla à Numa qu'elle avait quitté Paris.

« Aix-en-Provence, ce 10 juillet 1929.

Numa,

La vie est plus forte, et surtout l'amour.

Je sais que tu te bats et que tu souffres au-delà du possible.

Ici, c'est plus doux.

Je voudrais tant que tu sois là ce soir.

Je serai toujours à tes côtés. Je voudrais que tu me croies. Pour cela au moins et bien sûr pour le reste, l'amour, l'attirance, le désir.

Madeleine. »

Elle avait choisi des mots qui firent pleurer Numa. Il était désormais sans réaction. Il se savait avec certitude amoureux — et pour longtemps —, martyrisé — à jamais croyait-il —, rongé par le doute et dégoûté de ses lâchetés en cascade. Puisqu'il n'avait pas su tuer Raffoul, qu'il n'avait jamais pensé à étrangler Madeleine, qu'il l'aimait plus que tout mais que rien ne serait plus comme avant, il ne lui restait plus qu'à disparaître. Il le lui écrivit, en s'ouvrant toutefois, dans une ultime commodité avec lui-même, une voie de dégagement :

«Paris, 17 juillet.

Mon amour,

Je suis à bout de forces. J'ai une forme de mépris pour l'affaiblissement progressif de mes capacités d'antan et pour mes tergiversations avant d'en finir. Peut-être en serai-je un jour prochain enfin capable. Je me glisserai alors hors de cette chape de malchance qui m'enserre chaque jour davantage. S'il y a un ciel et si j'y ai droit, je serai soulagé, j'arrêterai de souffrir. Depuis deux mois j'y pense trop pour ne pas réussir un jour à arrêter ma course.

Au terme de quelques semaines à peine, j'ai pu vérifier que ta résistance avait des limites et que tu n'aurais pas eu le courage, ou l'envie, ou la force, d'affronter avec moi, pour moi, les épreuves qui vont encore me miner davantage. Il vaut donc mieux que je te libère avant que tu ne le décides, seule, même moins sordidement que cet hiver.

Tu es jeune, tu aspires au bonheur, je ne te fais plus rire, je ne te donne plus ma vitalité d'hier, je ne suis plus que source d'inquiétudes. Mes amis m'abandonnent un à un et je ne veux pas revivre une nouvelle trahison amoureuse. Mais je ne partirai que si j'ai le sentiment que tu n'as pas un besoin impérieux de moi, pour ton bonheur, pour ton équilibre.

Partir où, d'ailleurs ? Je ne me sens bien nulle part, j'ai peur de gêner, de faire du mal, d'être inopportun ; j'ai pris en haine ta maison que j'ai tant aimée, rue de l'Archevêché.

Pardonne cette lettre noire. J'ai essayé de ne pas te couvrir de reproches, c'est moi qui ne vaux plus grand-chose. Ce besoin permanent de caresses, de douceur, de lettres, d'attentions… je n'ai rien cherché à farder, je te faisais une confiance inouïe, je suis anéanti. Je t'aime.

N. »

XVI

Madeleine ne répondit jamais. Avait-elle seulement reçu le message à Aix ? Était-elle partie seule ? Elle disait l'y attendre mais n'insistait pas beaucoup. Souhaitait-elle se protéger, retrouver des forces affaiblies par les multiples assauts de son amant ? Avait-elle encore besoin, envie de lui ? Voilà des mois qu'ils n'avaient pas fait l'amour... Tant de questions minaient Numa. Il s'interdit de téléphoner à Sylvia pour obtenir des renseignements ou du réconfort. Il n'avait pas confiance en l'amie de sa maîtresse.

Un soir de lucidité, il comprit qu'il ne trouverait jamais de réponse. Et que, même si ce devait être le cas, d'autres charretées d'interrogations déverseraient dans sa vie la bile, l'aigreur, le doute que seuls il sécrétait désormais.

L'absence de Madeleine allait servir ses projets. Il ne pouvait se contenter de ces dialogues à distance, de ces lettres qui prennent trois jours pour relier Paris à la Provence.

Il résolut alors d'être courageux. En la quittant à jamais. Et d'être méchant. Il ne le lui dit point. Mais comme son audace avait ses limites, il craignit le retour de sa belle à Paris. Habile comme elle l'était, elle l'aurait fait retomber dans ses rets. Il se décida donc à fuir à son tour la capitale.

XVII

Sa première étape fut Barbizon. Redormir, l'espace d'une nuit, dans l'auberge qui avait abrité des amours qu'il avait crues sincères entre Noël et le jour de l'an.

Ce n'était pas le plus sûr moyen d'oublier Madeleine. De toute façon, il s'en sentait incapable. Il demanda, et obtint, la même chambre. Le poêle, qui avait ronflé de bonheur, paraissait incongru en cet été étouffant.

C'est là que, pour la première fois, il voulut mourir en s'en donnant les moyens. En ne se contentant pas d'en caresser, par absence d'héroïsme, la seule idée romanesque. Il avait gardé précieusement le couteau qui lui rappelait sa honte de s'être montré si lâche face à Raffoul. Il avait lu dans un roman qu'on ne souffrait pas en se coupant les veines du poignet. Quelques femmes, soucieuses de leur apparence, avaient mis en scène leur fin dernière dans une baignoire en se vidant ainsi de leur sang. La plupart, lui avait-on dit, s'étaient d'ailleurs ratées... Mais ce n'étaient que des femmes, se disait Numa tout à son acrimonie, elles avaient dû se débrouiller pour qu'on les découvrît rapidement...

Il n'y avait pas de baignoire dans l'auberge. Numa se contenta d'un linge mouillé qu'il posa sous son bras et commença à se labourer finement le creux du poignet. Mais, contrairement à ce qu'il espérait — ou n'espérait pas —, seules les veinules s'ouvrirent. Veines et artères résistèrent farouchement. Il eût fallu insister plus vigoureusement. Numa ne s'en sentit pas capable. Il en rendit responsable l'affûtage de son couteau et pensa s'endormir par le seul écoulement du sang de ses petits vaisseaux…

Au réveil, on verrait… Et s'il n'y avait pas de réveil, ce serait aussi bien.

Cette chambre était un bel endroit pour mourir. Pourvu que Madeleine le sache. Mais la mort ne venait pas, le sommeil non plus.

Il y eut donc une nouvelle aube. Le linge n'avait que rougi. Les cicatrices de son poignet droit lui plaisaient beaucoup. Il espérait les garder toute sa vie. Tiens, il reparlait de la vie…

XVIII

Sa nomination à Istres prenait effet le 1er septembre. Il décida de ne pas rentrer à Paris, d'y laisser ses souvenirs, ses vêtements et de descendre à son rythme vers la Provence.

Tout le ramenait à Madeleine et à sa trahison. Il avait abandonné toute ambition. Il n'était plus que ce pantin pitoyable quitté par une femme. Et qui faisait semblant de l'avoir décidé.

Il lui fallut deux jours pour atteindre Lyon. La ville lui parut hostile.

En regagnant sa chambre dans un hôtel sans charme, fourbu par ces longues heures de voyage, il reprit son journal et, après maints verres de cognac, se laissa aller au désespoir le plus noir.

Lyon, 25 août 1929.

Mon dos n'est que douleur. La nuit dernière déjà, je me suis cent fois réveillé avec l'impression d'avoir été roué de coups, épuisé, comme au retour d'une bataille.

J'ai des visions apocalyptiques abominables et l'Éternel m'accable, avec sa manie de me susurrer dans le creux de l'oreille : « Bois le Graal, mon fils, c'est toi que j'ai choisi. » J'ai envie de fuir, d'oublier, de rentrer la tête dans le sable.

Ma lancinante question : pourquoi moi ? reste sans réponse. Obligé d'assumer. Trop lourd. Il y a trop de moments où l'envie me prend d'en finir. Las de lutter, je voudrais être aveugle, sourd et muet. L'au-delà m'attire. De l'autre côté, c'est la délivrance, la paix enfin trouvée. En attendant, j'ai l'impression d'être cloué sur une croix, les os brisés, écartelé. Brûlé vif. Torturé.

Magie noire ? Pourquoi s'acharne-t-on sur moi ? Qu'ai-je fait au Ciel pour endurer ces épreuves ? Je n'ai plus de goût à rien, plus celui de voler, d'aimer ailleurs.

J'appelle les anges et les saints à la rescousse. La nuit dernière, j'étais hanté par la vision d'une bataille. Cliquetis d'armes, chevaux enchevêtrés, corps mutilés. Je me lève et je m'enfuis. Je descends dans une barque et rame de toutes mes forces. Le vent forcit. Je lutte et accoste derrière un rocher battu par les flots. Une tête de poisson préhistorique sort de l'eau et s'approche. Je m'accroche à la roche. Tout vacille. L'océan est happé par une force qui l'engloutit vers le fond. Pétrifié sur mon îlot, j'assiste au spectacle d'une mer qui disparaît.

Toujours seul dans mes visions, toujours fuyant l'horreur, toujours rescapé malgré moi.

J'ai le souffle court. Je m'écroule sur la roche, bras en croix, face au ciel, terrassé. Un grand oiseau noir, aux ailes immenses, se pose près de moi. Il ressemble au fantôme de Madeleine.

Mes hallucinations ne me laisseront jamais en paix. Je veux reprendre le manche d'un avion. Le ciel seul peut me sauver. Quand je crie au secours, là-haut, j'ai le sentiment d'être entendu. Mozart pleurait en composant le Lacrimosa. *Il y a deux mois que j'ai commencé à écrire les premières lignes d'un journal ivre : un dessin sinueux, sans aucune croche, lisse et ondulant, spatial ou aquatique. Mais mon heure ne sonne toujours pas. Divin Mozart, aide-moi à survivre et combattre. Insuffle-moi ton énergie fantasque et joyeuse. Je veux vivre.*

XIX

L'horizon rougeoyait encore à l'ouest. Dans quelques minutes, l'obscurité aurait envahi la campagne.

Numa, qui, dans un sursaut d'orgueil, avait loué un cheval à Salon-de-Provence pour se préparer une entrée de soldat à Istres, s'apprêtait à retrouver ses peurs d'enfant quand la nuit le surprenait dans les prés de Malo et qu'il lui fallait cheminer en tremblant jusqu'à la maison paternelle.

Le crépuscule s'orangeait puis s'assombrissait, comme mouillé par une pluie sale.

Le cavalier s'arrêta, attacha sa monture à un néflier. Il attendit. Rien ne vint. Ni peur ni oppression. Son cheval le rassurait. Il soufflait comme une forge. Son haleine chaude courait sur la nuque de Numa.

Quand la nuit fut noire, sa respiration s'apaisa. Ce compagnon n'en était plus un. Le jeune homme était redevenu seul au monde. Se laissant noyer dans une mélancolie qui ne le lâchait plus depuis des mois, il s'enfonça dans le bois proche, ramassa quelques branches mortes et se fit un feu.

À la lumière des flammes, il déboucha sa flasque de cognac et voulut écrire une ultime lettre à Madeleine. Une semaine ne s'était pas écoulée qu'il se reprochait déjà de ne pas lui avoir signifié son départ. Il se refusait à envisager le ridicule de son scrupule, puisque c'est elle qui l'avait quitté. Mais c'était ainsi, il y avait en lui un étrange alliage d'honnêteté foncière et de douce perversité. Qu'il exerçât cette torture à ses dépens ne le gênait pas. Ce qu'il lui fallait, c'était souffrir pour faire souffrir par transmission de pensée. Du moins le croyait-il. Pour se mettre en accord avec sa douleur et ses principes, il écrivit donc cette lettre d'adieu dont il ne savait d'ailleurs si elle parviendrait à sa destinataire. La lui enverrait-il seulement ?

« Je peux désormais m'éclipser. De ta vie d'abord, de la mienne ensuite.

Voilà trop longtemps que j'ai mal à notre amour. J'ai espéré par moments, toujours trop courts, que cette lourde nausée me passerait. Elle a empiré. Je ne crois plus en toi, je remets en doute la moindre de tes affirmations. Je te suspecte peut-être à tort, j'ai la quasi-certitude que tu m'as menti beaucoup plus que tu ne le dis et j'ai perdu le courage de le vérifier mot à mot, fait à fait.

Jour après jour, je t'enveloppe de cette mauvaise jalousie que je méprise et qui doit te peser. Une allusion me blesse, un propos rapporté me crucifie. Paris est pour moi quadrillé de lieux interdits, que je contourne comme un vieillard peureux. T'imaginer courir de bras en bras, un jour avec l'un, un jour avec moi, me glace. Ce quatrième anniversaire de notre rencontre en devient ridicule. Ridicule encore cette bague, étrennée avec un autre. Détestable ce corps sur lequel d'autres mains ont couru, alors que je le croyais mien. Haïssable ce compétiteur avec lequel tu m'as mis un hiver en balance et qui n'a eu de cesse de se vanter de sa prise dans tout Paris.

Je vaux mieux que cela, Madeleine, notre amour, mon amour, en tout cas, se tenait plus haut, près des étoiles. Il ne fallait pas l'en décrocher. Il ne fallait pas le souiller, nous laisser ressembler à tout le monde.

J'ai l'impression de bégayer, de reculer, de ne plus savoir jouir. Je vais donc te laisser à tes démons, à tes visages multiples, après avoir tout tenté pour t'aider à vaincre tes peurs.

Et puis, il est vrai, je ne sers plus à

grand-chose. J'ai froid, j'ai mal, il m'arrive de trembler. Tout se ligue contre moi, en ce moment. Tu ne sauras pas m'aider. J'ai vu ce que cela donnait ces dernières semaines, quand je me noyais doucement dans les sables. Tu as beaucoup d'ambition, je n'ai plus que des blessures.

Quand il le faudra, quand je m'en sentirai capable, j'essaierai de trouver la solution la plus radicale pour me débarrasser de mes lunes noires.

Je te souhaite un beau chemin, plus droit qu'avec moi. Et beaucoup de bonheur, en dépit de tout.

Adieu.

N. »

XX

Étrangement rasséréné par ce testament inutile, Numa se coucha dans le fossé en rêvant près du foyer qui s'éteignait. Il lui semblait avoir coupé le lien qui le reliait à son amour envolé. Se sachant velléitaire depuis la découverte de la trahison, il était fier d'avoir tenu fermement les ciseaux qui lui offraient sa nouvelle liberté.

La lettre était toujours sur son cœur, entre la chemise fétiche de Charvet et son uniforme. Elle le réchauffait plus qu'elle ne le brûlait. Il ne cessait de se la réciter, voulut y apporter des corrections et la sortit deux fois de sa poche avant de la ranger à nouveau sans rien avoir changé. Numa était en paix avec sa conscience. Il aurait aimé ne pas se réveiller, qu'on fouillât son cadavre et qu'on découvrît cet ultime message. Il aurait voulu qu'on l'adressât alors à sa destinataire et n'aurait pas détesté qu'elle souffrît.

Il imaginait son enterrement. Calé dans le fossé, il s'installait dans son cercueil et voyait venir à lui les longues jambes des belles dames qui l'avaient aimé. Entre toutes, il distinguait celles de Madeleine. Il la devinait gênée en pareille compagnie, jalouse surtout : de quand datait celle-ci ? Celle-là l'avait-elle précédée ou, pire, suivie ? Qui avait disputé son cœur ou son corps pendant leurs quatre années de vie commune ?

Il ne voyait que des jambes de femmes. Ses amis n'avaient pas dû être prévenus, ou peut-être l'avaient-ils abandonné. Peu importe. Ce qui comptait, c'était cette promiscuité troublante de rivales qui lui avaient donné beaucoup de bonheur et qui lui procuraient, en cette nuit d'été, une singulière jouissance. Il eût aimé qu'elle rongeât Madeleine.

XXI

Numa galopait. Il se préparait à conquérir Istres, le ciel de Provence, la Méditerranée et ce qui voudrait s'offrir à lui. Encore convalescent, il n'avait guère le cœur vaillant mais souhaitait, par-dessus tout, prendre une revanche sur le sort. Une femme l'avait fait vaciller, perdre sa confiance, distillant le poison insidieux de la jalousie et l'avait, en quelques mois, transformé en ombre de lui-même. Il ne s'aimait plus, fuyait son regard dans les miroirs mais poursuivait sa route.

Caressait-il encore le désir insensé de croiser le chemin de Madeleine ? Il ne l'aurait avoué à personne mais il ne put s'empêcher de scruter l'intérieur de tous les véhicules qui passaient.

Il se rapprochait d'Aix, d'où son amante lui avait écrit pour la dernière fois. Il ralentit le pas de son cheval et s'installa deux jours près d'un relais de poste attenant au manoir de Montrobert, à une lieue de Luynes. C'est là que Casanova, disait la légende, avait rencontré la mystérieuse Henriette, qui, semble-t-il, compta tant pour lui et dont il réussit à préserver un anonymat rare chez ce collectionneur de cœurs.

Il n'y eut pas une nouvelle Henriette pour Numa. Pas de Madeleine non plus.

Épilogue

Numa Castelain se présenta au commandant en chef de la base d'Istres avec quatre jours de retard sur son ordre de mission. Barbe naissante, hirsute, orbites creusées, yeux rougis, uniforme maculé, il fut incapable de justifier son apparence et son emploi du temps. Il tint des propos suffisamment incohérents pour qu'on l'accusât d'ébriété et qu'on le mît — discrètement — aux arrêts de rigueur. Pendant ces quarante-huit heures, il dormit sans discontinuer.

Tout au long de cet entre-deux-guerres où la France se réarmait parce qu'on s'inquiétait des harangues de ce Monsieur Hitler qui s'apprêtait à cueillir par la voie des urnes un pouvoir pourrissant, il remplit son office avec courage et efficacité. Plusieurs fois il se porta volontaire pour des missions de nuit en Corse et en Tripolitaine, celles d'où l'on ne revenait pas toujours. Les avions de l'époque étaient pour certains expérimentaux. Les Potez s'essoufflaient, les Bloch faisaient peur. Son héroïsme forçait l'admiration de ses hommes. Taciturne, il ne leur parla jamais de son passé mais un capitaine l'entendit avec effroi dire de l'un de leurs pilotes dont on avait perdu la trace à l'aube : « Il a eu de la chance. » Son charisme lui valut de devenir à son tour commandant de la base. Mais personne, pas même son ordonnance, ne savait ce qu'il faisait de ses soirées. On disait qu'il lisait beaucoup.

Trois ans après son arrivée, il quitta Istres pour la base de Luxeuil dont on lui donna le commandement. Ses hommes qui l'idolâtraient lui organisèrent une cérémonie d'adieux qui lui firent monter les larmes aux yeux, ce qui ne lui était pas arrivé depuis l'été de sa détresse. Il eut alors, pour les remercier, une attention d'apparence peu militaire. Il leur offrit un volume d'*À la recherche du temps perdu*, son exemplaire personnel. Qui aurait pu soupçonner sa passion pour cet auteur dont on parlait beaucoup à l'époque, bien plus que de son vivant ? Lui-même avait dû se faire violence pour ne pas s'arrêter à ce prénom honni. Le livre resta longtemps au mess des officiers. Beaucoup plus tard, un jeune lieutenant en fut le premier lecteur après Numa et s'interrogea sur cette phrase de Swann rageusement soulignée :

« Dire que j'ai gâché des années de ma vie, que j'ai voulu mourir, que j'ai eu mon plus grand amour, pour une femme qui ne me plaisait pas, qui n'était pas mon genre. »

C'est à Luxeuil que Numa rencontra Gabrielle que plus tard il épousa, après être revenu un temps à une vie d'aventures et de conquêtes. Les femmes l'aimaient parce qu'il semblait ténébreux et que chacune voulait percer son mystère, s'engouffrer dans cette faille si mal colmatée. En retour, il lui arrivait d'éprouver du plaisir à voler leur innocence, feinte ou réelle, surtout chez les femmes mariées. À chaque fois, il n'eut étrangement aucune commisération pour celui qu'il trompait. Dans la longue chaîne des successions amoureuses, il avait tenu sa place. Un point c'est tout. Un maillon avait cédé, il aurait pu en mourir, Dieu n'en avait pas voulu ainsi. Le chaînon s'était ressoudé. On peut, hélas, aimer plusieurs fois.

Numa n'eut plus jamais de nouvelles de Madeleine Rongères à laquelle il pensa souvent mais dont il ne reparla plus. On lui rapporta qu'on l'avait vue roder sur les docks de Marseille en compagnie d'un homme, un soir de septembre 1929, aux abords d'un cargo mixte en partance pour Diego Suarez. Sa trace se perdit là. Nul ne sut si elle fit souffrir d'autres hommes.

Marcel Raffoul profita du krach du

24 octobre pour faire fortune, reperdit tout au jeu, intrigua de cabinet en cabinet, de manière plus souvent occulte qu'officielle, et fut le premier collaborateur du gouvernement Paul Reynaud à rejoindre Vichy. Il s'engagea ensuite dans la Milice et terrorisa les maquisards du Vercors. À la Libération, il fut arrêté non loin de Grenoble, exécuté sans procès et pendu à un croc de boucher, comme Mussolini.

Numa le sut sans doute et s'en réjouit sans jamais l'avouer. Il faut haïr pour guérir d'une blessure d'amour.

Il adora Gabrielle, avec laquelle il vécut en ménage, comme on disait à l'époque, et qui ne l'épousa qu'après le mariage de son fils Jacques, mon père. Ils ne se quittèrent plus un seul jour et reposent côte à côte dans le cimetière de Brignoles.

Petit garçon, j'admirais ce bel aviateur que je croyais invincible. J'étais loin de deviner que derrière cette vie en apparence si limpide, si joyeuse, se cachait une minuscule fêlure qui avait failli le conduire à l'abîme.

Je hais le mensonge et, pire encore, celui qui dissimule une traîtrise. C'est pourquoi j'ai eu envie de venger Numa Castelain, mon grand-père, en écrivant son histoire. Je sais cependant que, pour la reconstruire, j'ai été, à mon tour, obligé de mentir, à tout le moins d'inventer.

Mais nous sommes là en présence de la tricherie. Elle a le double visage de l'amour et de la laideur.

DU MÊME AUTEUR

ROMANS

Les Enfants de l'aube (Lattès), 1982.
Deux amants (Lattès), 1984.
La Traversée du miroir (Balland), 1986.
Les Loups et la bergerie (Albin Michel), 1994.
Un héros de passage (Albin Michel), 1996.

RÉCITS

Le Roman de Virginie (avec Olivier Poivre d'Arvor), Balland, 1985.
Les Femmes de ma vie (Grasset), 1988.
Lettres à l'absente (Albin Michel), 1993.
Elle n'était pas d'ici (Albin Michel), 1995.

ESSAIS

Mai 68, Mai 78 (Seghers), 1978.
Les Derniers Trains de rêve (Le Chêne), 1986.
Rencontres (Lattès), 1987.
L'Homme d'image (Flammarion), 1992.
Anthologie des plus beaux poèmes d'amour (Albin Michel), 1995.
Lettre ouverte aux violeurs de vie privée (Albin Michel), 1997.

La composition de cet ouvrage
*a été réalisée par l'***Imprimerie Bussière,**
l'impression et le brochage ont été effectués
sur presse Cameron dans les ateliers
de **Bussière Camedan Imprimeries**
à Saint-Amand-Montrond (Cher),
pour le compte des Éditions Albin Michel.

Achevé d'imprimer en mai 1997.
N° d'édition : 16555. N° d'impression : 965-1/1275.
Dépôt légal : mai 1997.